– 1 –

YASEMINS VERZWEIFLUNG

Eine Stimme unter Tausenden

Nurgül Sönmez

Bibliografische Information der Deutschen Nationalbibliothek: Die Deutsche Nationalbibliothek verzeichnet diese Publikation in der Deutschen Nationalbibliografie; detaillierte bibliografische Daten sind im Internet über http://dnb.dnb.de abrufbar.

Die automatisierte Analyse des Werkes, um daraus Informationen insbesondere über Muster, Trends und Korrelationen gemäß §44b UrhG (Text und Data Mining") zu gewinnen, ist untersagt.

© 2021 Nurgül Sönmez

Lektorat: Nurgül Sönmez
Korrektorat: Luther v. Georg - Corinna Feldmann
Weitere Mitwirkende: Gamze Taşdemir

Verlag: BoD · Books on Demand GmbH, Überseering 33, 22297 Hamburg, bod@bod.de

Druck: Libri Plureos GmbH, Friedensallee 273, 22763 Hamburg

ISBN: 978-3-7693-1898-2

YASEMINS VERZWEIFLUNG 1

Übersetzt aus dem Original türkischen, erschienen 2021 ©

Nurgül Sönmez

Übersetzerin / Lektorin: Nurgül Sönmez

Korrekturlesen: Corinna Feldmann

Korrekturlesen: Luther v. Georg

Buch Cover: Gamze Taşdemir

Buchsatz / Illustratorin: Gamze Taşdemir

Autorin:

✉ ns.nurgulsonmez@gmail.com

 nurgulsonmez

 nurgulsonmezofficial

Team:

g.tsdmrr@gmail.com

 nurgulsonmezofficial

 nurgulsonmez

Für alle Buchliebhaber...

Autoren Vita

Nurgül Sönmez

21.08.1979
Deutschland

In den Jahren zwischen 1995-2020 wurde sie oft ausgezeichnet.

Bereits im Jahr 1995, begann sie zu schreiben und verfasste unzählige

Gedichte, Songtexte und Romane.

Geschrieben nach wahren Begebenheiten. Die Rechte an über 50

Romanen und über 2500 Songtexten wurden von verschiedenen

Verlagen und berühmten Komponisten übernommen.

Nun steht sie nicht mehr hinter den Kulissen,

sondern mit ihren Werken mitten auf dem Podest.

Nurgül Sönmez
– Schriftstellerin –

WERKE DER AUTORIN

- **2014** erschien ihr erstes Buch Namens ANA (Poesi) (Türkisch)
- **2015** YASEMİN'İN SAVAŞI (Türkisch)
- **2017** YASEMİN'İN İNTİKAMI (Türkisch)

2021

- Matilda (Türkisch, Deutsch)
- 1001 GECE YERİNE – BİN BİR GÜN (Türkisch)
- STATT 1001 NACHT - TAUSENDUNDEIN TAG (Deutsch)
- YASEMİN'İN ÇARESİZLİĞİ 1 (Türkisch)
- YASEMİN'İN SAVAŞI 2 (Türkisch)
- YASEMİN'İN İNTİKAMI 3 (Türkisch)

2022

- Matilda (Englisch)
- YASEMINS VERZWEIFLUNG 1 (Deutsch)
- MAAROUF (Türkisch, Deutsch)
- INSTEAD OF 1001 NIGHT - THOUSAND AND ONE DAY (Englisch)
- YASEMINS KAMPF **2** (Deutsch)

2023

- YASEMINS RACHE 3 (Deutsch)

2024

- MAAROUF (Englisch)
- YASEMIN'S DESPERATION 1 (Englisch)
- YASEMIN'S STRUGGLE 2 (Englisch)
- YASEMIN'S REVENGE 3 (Englisch)

Alle Bücher wurden ins Französische übersetzt und sind für die kommenden Buchprojekte geplant. Danach folgen Übersetzungen ins Arabische und Spanisch. Bei Interesse und Nachfrage auch in weiteren Sprachen.

Ihre Werke © basieren auf wahren Begebenheiten und unterstützen weiterhin soziale Projekte mit dem Erlös der Bücher.

Sehr bald auch als Hörbücher erhältlich!

Nurgül Sönmez
– Schriftstellerin –

Tausende Stimmen können die Hoffnung
für Eine Stimme sein

Verzweiflung!

*Yasemin ist 21 Jahre Jung, atemberaubend schön und
ihre Augen gleichen dem Blau des Himmels.*

*Trotzdem sind ihre Blicke voller Trauer und Leid erfüllt.
Ein Leid, das für einen Menschen alleine kaum
zu ertragen und kaum vorstellbar ist.
Tyrannei, Folter und Todesangst. All dem stellt sich
Yasemin auf ihrem Weg.
Sie begegnet unvorstellbar bösartigen Menschen.*

*Umso mehr geben ihr die gutherzigen Menschen kraft, die
wie ein Licht für sie sind.
Wird sie den Kampf gewinnen?*

Schafft sie es, sich aus der Verzweiflung zu befreien?

"*Geschrieben nach einer wahren Begebenheit*"

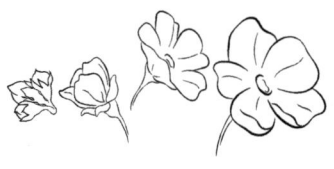

KAPITEL 1

Yasemin war seit einer Woche nicht mehr zur Arbeit gekommen, obwohl sie nicht krank war. Darüber war ich sehr besorgt. So schrieb ich ihr eine Nachricht. Nach vollen viereinhalb Stunden Wartezeit bekam ich endlich eine Antwort: *»Nurgül, ich rufe dich um 21.30 Uhr an, dann bin ich alleine. Nicht anrufen oder schreiben. Genug ist genug! Ich habe das nicht verdient. Ich bin so fertig, ich kann es nicht mehr ertragen!«*

Die Nachricht meiner Arbeitskollegin erschreckte mich und ich fing an, über sie nachzudenken. Ich hatte erwartet, dass die Zeit bis 21.30 Uhr schneller verging, aber es wollte einfach nicht später werden. So ging ich im ganzen Haus auf und ab als hätte ich ein schweres Verbrechen begangen. Zu mir selbst sagte ich: »Ich hoffe, ihr ist nichts passiert.«

Ihre Nachricht kam dann endlich um 21.47 Uhr: *»Er ist nicht zur Arbeit gegangen. Ich werde versuchen, mich später zu melden.«*

»Yasemin! Sag mir sofort, was passiert ist. Wenn du Hilfe benötigst, hab keine Angst. Spreche mich bitte an«, schrieb ich ihr zurück.

Vor Sorge schlief ich erst am Morgen ein. Die ganze Nacht wartete ich auf eine Antwort. Gegen sechs Uhr morgens erhielt ich endlich eine Textnachricht von Yasemin: *»Ich komme!«* Erleichtert seufzte ich auf.

Als mein Bruder wach wurde, bereitete ich für uns das Frühstück vor. Eigentlich bräuchte ich einen Tee, aber dazu kam ich nicht mehr. Plötzlich klingelte es unaufhörlich. Ängstlich und panisch rannte ich zur Haustür. Es konnte nur Yasemin sein, warum klingelte sie Sturm?

Vor meiner Wohnung stand Yasemin. Ihre tränenvollen, blauen Augen starrten mich an, ihre Umarmung bedeute so viel wie: „Endlich gerettet". Ihre beiden Geschwister bemerkte ich erst gar nicht, denn ich war so froh, sie zu sehen und nur auf sie konzentriert.

Seit jungen Jahren kümmerte Yasemin sich schon um ihre beiden Geschwister. Ihr Bruder Suat war elf und ihre Schwester Kiraz sieben Jahre alt. Die Verantwortung lag auf Yasemin´s winzigen Schultern, die jeden Tag wuchs. Sie war sogar bereit, ihr Leben zu opfern, um ihre beiden Geschwister zu beschützen.

Bis zu diesem Zeitpunkt hatten wir unser Privatleben nie geteilt. Wir respektierten gegenseitig unsere Privatsphäre, denn wir hatten Angst, aneinader zu verletzen – wenn wir zu weit gingen. Wir dachten dieselben Dinge.

Yasemin und ihre Geschwister hatten an diesem Tag nicht einmal Zeit, Tee zu trinken. Meine schöne Heldin, die es eilig hatte, ihre Geschwister zur Schule zu bringen, versteckte die Tränen vor ihnen. Sie stand erschöpft vor mir. Es kam mir vor, als sähe ich ein Spiegelbild von meinem eigenen Leben vor mir. In diesem Moment dankte ich meinem Herrn und flüchtete wieder zu IHM.

Yasemin hatte keine Mutter und keinen Vater. In ihrem Leben existierten ihre Eltern nicht. Vielleicht doch, und ich wusste es einfach nicht. Auf jeden Fall war sie für ihre Geschwister Mutter wie auch Vater. Den Verlust ihrer Eltern versteckte sie sehr gut hinter einer Fassade. Obwohl sie das nicht sagte, fühlte ich ihren Schmerz und durfte an ihrem Leben teilnehmen.

Die drei sahen aus, als wären sie zu Hause geflüchtet. Ich machte mich auf alles gefasst und war alarmiert. Aber es blieb keine Zeit zu reden. So bereitete ich schnell eine Lunchbox für die Kinder vor und gab sie ihnen.

»Vielen Dank Nurgül!«, sagte Yasemin und küsste meine Wangen. Sie hatte es eilig, die Treppe hinunter zu kommen, um die Kinder zur Schule zu bringen. Mit erhobener Stimme rief sie von der unteren Stufe herauf: »Ich rufe dich in der Mittagspause an.«

Das entspannte mich ein wenig. Jedoch fühlte ich mich überhaupt nicht wohl. Ich wusste nicht, was mit ihr geschah. Das Wichtigste war, dass sie für ihre Geschwister Verantwortung trug. Egal was da vorgefallen war, sie bemühte sich und leistete Widerstand. Ich wusste zu schätzen, dass sie mir so sehr vertraute.

Yasemin! Meine starke, entschlossene Heldin, die sich um ihre Geschwister kümmerte. Ich verstand, dass Yasemin viel durchgemacht hatte, aber ich kannte ihre Lebensgeschichte nicht genau. Trotzdem war sie immer noch eine Heldin für mich. Sie war fleißig, mitfühlend und verantwortungsbewusst, fast wie eine „MUTTER" liebevoll. Was für sie normal war, kam anderen nicht so vor.

Ich hatte ein endloses Vertrauen in Yasemin, weil sie nicht schauspielerte. Sie war keine Schauspielerin, nicht einmal die Hauptdarstellerin in ihrem eigenen Leben. Sie focht einen harten Kampf mit ihren Lebensbedingungen aus. Dies bewerkstelligte sie alles für ihre Geschwister, nicht für sich selbst.

Die Lautlose Schreie, sind die Zeilen von Yasemin.

KAPITEL 2

Die versprochne Nachricht von Yasemin, die sie mir am Nachmittag schicken wollte, kam nicht.

Hatte sie denn wenigstens auf der Arbeit angerufen? Kurzerhand schrieb ich meiner Chefin aus dem Friseusalon, denn diese Frage schwirrte mir immer im Kopf herum und gab mir keine Ruhe.

Ich war traurig, weil die Antwort negativ war. Mein Blick ruhte auf der Uhr, aber meine Gedanken galten Yasemin. Ich wunderte mich, denn ich erinnerte mich an das, was sie gestern schrieb: *»Schreib nicht, ich schreibe dir.«* Bedeutete das, dass sie Angst vor jemandem hatte?

Meine Schicht im Restaurant war vorbei. Mit einem Job kam ich nicht über die Runden. Ich ging nach meinem täglichen Einkauf nach Hause. Yasemin und ihre Geschwister warteten vor meiner Tür auf mich. Mit schnellen Schritten näherte ich mich ihnen. Mein einziger Wunsch war herauszufinden, was los war. Sie freute sich, mich zu sehen und ging mit einem bitteren Lächeln auf mich zu.

»Hallo, ich konnte dich nicht informieren. Er hat mir das Telefon weggenommen«, entschuldigte sie sich.

Es war so, wie ich es vermutete, Yasemin hatte schrecklich viel Angst vor jemandem, sogar große Furcht. Die Lage verstand sich von selbst. Sie befand sich bereits in einer schwierigen Situation.

»Komm schon, lass uns nicht draußen reden, lass uns reingehen. Dann erzählen wir uns, was es zu erzählten gibt. Habt ihr schon gegessen? Seid ihr hungrig?«, fragte ich, als wir die Treppe hinaufstiegen.

»Ich bin nicht so wichtig, aber meine Geschwister konnten nach der Schule nichts essen«, antwortete Yasemin.

Sobald ich das Haus betrat, eilte ich in die Küche, stellte die Einkaufstaschen auf den Tisch und begrüßte die drei erst mal richtig mit einer liebevollen Umarmung. »Willkommen, ich bin sehr froh, dass ihr hier seid«, gestand ich.

Anschließend forderte ich sie auf: »Kommt Kinder, wascht eure Hände, während ich das Eingekaufte in die Schränke einräume.«

Beide hörten aufs Wort, daher antworteten sie: »Okay.« Dann gingen sie ins Badezimmer.

»Yasemin, was ist los? Ich respektiere deine Privatsphäre. Obwohl ich nichts über dich weiß, vertraue ich dir, ich glaube an dich! Du bist in einer schwierigen Situation, du hast Angst und fürchtest dich vor jemandem. Bitte sag mir, was dich belastet, aber nicht vor den Kindern«, forderte ich sie auf.

Ihr Kiefer begann zu zittern und ihre Augen füllten sich mit Tränen. Ich umarmte Yasemin, die ihre Emotionen nicht zurückhalten konnte. Ihre Tränen liefen in Strömen über ihre Wangen. Fürsorglich lehnte ich ihren Kopf an meine Schulter, dann streichelte ich ihr über die Haare. Ihr Weinen wurde stärker, dazu fing sie an zu schluchzen.

Als ich die Badezimmertür hörte, und die Kinder sich wieder der Küche näherten, rief ich sie zur Ordnung: »Komm zu dir! Jetzt ist es an der Zeit, stark zu sein.« Schnell brachte ich die Kinder ins Wohnzimmer und ließ Yasemin in der Küche zurück. Ich wollte nicht, dass die Jungen sich sorgten und die Tränen sahen.

Die Geschwister vermittelten mir, dass sie mir vertrauten, dass sie in guten Händen waren und sich wohlfühlten. Das freute mich natürlich sehr. Nachdem ich mich auf die Couch gesetzt hatte, fragte ich: »Was habt ihr in der Schule gemacht? Habt ihr Hausaufgaben auf?« Beide redeten zur selben Zeit: »Ja, haben wir.«

»Okay, dann macht ihr jetzt eure Hausaufgaben. In der Zwischenzeit bereite ich mit eurer Schwester das Essen zu«, erwiderte ich mit einem Lächeln.

In der Küche stand ich neben Yasemin. Endlich hatten wir zum ersten Mal die Gelegenheit zu sprechen. Ich wollte zuhören, ohne zu atmen, damit ich nichts verpasste. Auch wenn wir nicht viel Zeit hatten, mussten wir uns den Moment nehmen.

Sofort erzählte Yasemin von ihrem Leben. Sie wurde in der Türkei geboren. Bereits in jungen Jahren verlor sie ihre Mutter. Aufgeregt sprach sie in kurzen, halben Sätzen, dass ihr Leben sich nach dem Tod ihrer Mutter völlig verändert hatte. Auch wenn ich ihre Lebensgeschichte nicht kannte, war es, als sähe ich mein Antlitz im Spiegel. Obwohl wir bisher kaum eine vertraute Unterhaltung führten, hatte ich das tiefe Gefühl, dass wir gemeinsame Aspekte und Parallele zueinander finden würden. Mit ihrem ersten Satz wurde meine Vermutung schon bestätigt. Sie hatte keine Mutter ...

Früher lebte Yasemin in der Türkei, sie wuchs als Einzelkind auf. Ihre Eltern verdienten sich ihren Lebensunterhalt, indem sie alles verkauften, was sie auf den Feldern und Weinplantagen ernteten und auf dem Markt anboten. »Mit zehn Jahren fing ich als Hilfskraft bei einem Friseur in unserer Gemeinde an zu arbeiten«, berichtete Yasemin, die leidenschaftlich gern las, aber die Schule nach der 5. Klasse verlassen hatte, weil sie Geld verdienen musste. Die Handfertigkeiten lagen ihr, sie stellte sich sehr geschickt in diesem Job an. Nach dem Tod ihrer Mutter kämpfte sie mit dem Schmerz und ihrem Verlust. Trotzdem kümmerte sich die Leseliebhaberin, um die Verpflichtungen des Hauses. Sie pflegte die Gärten und Felder, zusätzlich arbeitete sie weiterhin noch im Friseurladen. In ihrer Kindheit trug sie die schwere und große Last der Verantwortung, die sie eigentlich nicht tragen konnte.

Zwischendurch schaute ich nach den Kindern. Sie saßen noch brav im Wohnzimmer und machten ihre Hausaufgaben. So erzählte Yasemin mir ihre Lebensgeschichte weiterhin in kurzen Sätzen.

Katastrophale und schreckliche Veränderungen ereigneten sich in ihrem Leben, nachdem ihr Vater zwei Monate nach dem Tod ihrer Mutter wieder geheiratet hatte. Yasemin`s Stiefmutter besaß einen fürchterlichen Charakter wie die bösen Stiefmütter in Filmen. Unter Tränen zeigte Yasemin mir ihre Wunden am Körper. Es waren gestreifte und auch kreisförmige tiefe Narben. Sie schilderte mit zitternder Stimme die grausame Gewalt und die Spuren, die ihre Stiefmutter ihr zugefügt hatte. Ich wollte sie nicht in psychische Not bringen, auch nicht, dass sie die Einzelheiten erzählte. *Als eine Person, die immer gegen Gewalt ist, bin ich dafür, die Tyrannei öffentlich zu verbreiten.*

Als Kind hatte Yasemin nicht einmal eine Freundin. Durch ihre Arbeit und verantwortungsbewusstes Leben fand sie nie Zeit dazu, mit anderen Kindern kontakt aufzubauen. Yasemin, die sich nicht einmal mit sich selbst anfreunden konnte, sagte plötzlich: **»Ich wollte Staatsanwältin werden. Ich wollte die Opfer vor Unrecht schützen und auch rechtliche Strafen für diejenigen in die Wege leiten, die Verbrechen begangen haben.«** Das strahlende Licht in ihren Augen schwebte mir immer noch im Geist herum. Es war in der Tat ein Ausdruck dafür, wie viel Ungerechtigkeit ihr widerfahren war.

Die Yasemin, die vor mir saß, stand mit beiden Beinen auf dem Boden, griff mit ihren Händen nach dem Leben, um daran teilzuhaben. Die Frau, die ich vor mir sah, war keine schwächelnde Person. Die Schmerzen und Ungerechtigkeiten, die sie erlebt hatte, machten sie zu einem starken Charakter und zu dieser Yasemin.

»Ich war seit sie geboren wurden, Mutter meiner Halbgeschwister. Sie sind in meinen Händen aufgewachsen. Ich habe mich um sie gesorgt und sie großgezogen«, berichtete sie, was mein Herz in diesem Moment zum Schmerzen brachte. Kleine Yasemin, es war ein sehr reifes Leben, das sie in ihrer Kindheit leben musste. Es war unmenschlich, aber ein Teil aus der Realität des Lebens, von Tausenden ähnlichen Fällen.

Die warme Mahlzeit war gegessen und der Hunger der Kinder gestillt. Wir hatten das intensive Gespräch beendet und wollten es nicht vor Yasemins Geschwistern fortsetzen. Sie schaute ständig hastig auf die Uhr, als sie dann aus dem Fenster sah, wurde sie langsam unruhig. Es schien, als dürfte sie nur für eine bestimmte Zeit von zu Hause abwesend sein. Sie verhielt sich so, als müsste sie nach Hause, bevor die Person, die ihr diese Angst einjagte, sie holen kam. Ich fragte sie in einem besorgten, aber ruhigen Ton, der ihr Vertrauen gab: »Yasemin, mit wem lebt ihr unter einem Dach? Wer hat dir dein Telefon weggenommen und warum? Warum bist du gerade so hektisch?« Die junge Frau erwiderte: »Wir leben bei meiner Tante. Als mein Vater starb, überließ meine Stiefmutter mir meine Geschwister. Eigentlich leben wir bei meiner Tante väterlicherseits, aber es ist eine lange Geschichte. Ich erzähle dir ein anderes Mal davon.« Schnell beeilte sie sich, ihren Geschwistern in Schuhe und Jacke zu helfen.

Das Reden hatte mich erleichtert, aber es war auch genauso kraftraubend gewesen, denn ich hatte das Gefühl, dass ich gerade eine sehr schwere Last auf meinen Schultern trug. Wir umarmten uns, als sie sagte: »Meine Krankschreibung gilt bis Ende dieser Woche. In der Zwischenzeit muss ich viele Dinge erledigen, meine Geschwister und ich sollten in Frieden leben.

Ich werde nächste Woche wieder bei der Arbeit erscheinen und versuchen, mein Telefon wiederzubekommen.

Wenn er es nicht gibt, werde ich mir heimlich ein Neues kaufen.« Sie erklärte, dass es einen Streit im Haus gab, vielleicht war sie immer noch der Gewalt ausgesetzt. Die schmerzhaften Tage von Yasemin waren nicht vorbei. Sie trug immer noch denselben Schmerz mit sich. Yasemin befand sich im Krieg und kämpfte. Obwohl sie müde und erschöpft war, war sie, bevor sie das Haus verließ, ein ganz anderer Mensch, eine ganz andere Persönlichkeit.

Mit ihrem Aussehen hatte sie eine starke und harte Struktur, als dürfte sich ihr niemand nähern. Ihre Körpersprache signalisierte, dass sie sich vor der Gesellschaft schützen wollte.

Ich schaute den dreien nach, bis sie aus meinem Blickfeld verschwanden. Ihre Lebensgeschichte war meiner in einigen Aspekten etwas ähnlich. Daher konnte ich mich gut in ihre einfühlen. Ich verstand, auch wenn sie es nicht aussprach, und alles, was ich vermutet hatte, wurde bestätigt.

„Worte" *wurden zum Klang von stummen Schreien.*

KAPITEL 3

Yasemin war eine Vollwaise.«

Nach dem Tod ihres Vaters lief ihre Stiefmutter von zu Hause weg. Sie überließ die Kinder Yasemin. Doch Yasemin war selbst noch ein Kind und wurde mit den Kleinen im Dorfhaus aus Lehm, das nur zwei Kammern hatte, allein gelassen. Obwohl sie einen gewaltigen Schock erlitt, halfen ihr Widerstand und Kampfgeist am Leben festzuhalten.

Was hatte sie in ihrem Teenageralter erlebt und gesehen? Ich dachte darüber nach und seufzte tief. Ihre Kurzgeschichte, die sie mir unter Tränen und Entsetzen erzählte, hatten mein Herz schwer getroffen. Verletzte Yasemin!

Während Yasemin wie eine Blüte aufgehen sollte, versuchten die Menschen um sie herum sogar das Wasser abzustellen und die Blätter abzureißen, um sie verblassen zu lassen. Aber sie wehrte sich, ließ nicht locker, war stark genug, um aufzublühen, sich wie eine Blume zu öffnen. Sie kämpfte trotz der Verletzungen, die sie in sich trug.

Obwohl Tage vergangen waren, erhielt ich nicht die geringste Nachricht von Yasemin. Auch ihre Geschwister schienen unsichtbar zu sein. Ich sah sie nicht in die Schule gehen. »Ich hoffe, ihnen ist nichts passiert«, seufzte ich innerlich, dann begann ich mir Sorgen zu machen. Meine Chefin war eine nette Person. Wir verstanden uns sehr gut mit ihr. Auch in unserer Freizeit trafen wir uns häufig mit ihr, um Essen oder etwas Trinken zu gehen. Yasemin öffnete mir ihr Herz, ich berichtete meiner Chefin definitiv nicht, was sie sagte. Denn was sie mir erzählte, war ein Geheimnis zwischen uns und ich wollte ihr Vertrauen nicht verlieren. Deswegen musste ich einen anderen Weg finden, um Yasemin zu erreichen. Yasemin machte nur ein Praktikum in dem Friseursalon, in dem wir gemeinsam arbeiteten. Sie konnte alles, was dieser Beruf verlangte. Sie tat sogar mehr, als sie musste. Ermutigt durch die aufrichtige Art meiner Chefin, fragte ich: »Du weißt, dass Yasemin fleißig und entschlossen ist. Sie hat sich Tage nicht gemeldet und ich mache mir Sorgen um sie. Die Adresse ist definitiv im Praktikumsvertrag enthalten. Was sagst du, Chefin, lass uns einen Blumenstrauß kaufen und zu ihrem Haus gehen?«

»Das ist eine sehr gute Idee«, antwortete sie und machte mich sehr glücklich. Am Ende des Arbeitstages begaben wir uns dann zu dritt auf den Weg zu Yasemin. Ich war besorgt, aufgeregt und die Wahrheit war, sogar ein bisschen verängstigt. Natürlich war meine Absicht nicht schlecht. Ich wollte meine Chefin nicht auf diese Art hintergehen. Das würde ich niemals tun, und ich glaubte auch nicht, dass ich es getan hatte. Weil sie wirklich ein optimistischer und mitfühlender Mensch war. Aber unser Vorhaben regte mich auf und machte mir Angst. Auf dem Weg zu Yasemin führten wir ein nettes Gespräch und wir lachten plötzlich. Doch auf einmal bekam ich Zweifel. Oh, Nein! Was hatte ich gemacht? Was ist, wenn die Menschen, mit denen sie zusammenlebte, nicht wussten, dass sie krankgeschrieben war? Was war, wenn ich sie ungewollt in eine noch schwierigere Situation brachte als jetzt? Oh mein Gott, was hatte ich getan? Irgendwie musste ich das meiner Chefin und Kolleginnen erklären, aber wie? Während meine Absicht gut war, hatte ich Angst, Böses zu tun, ohne es zu merken.

»Was ist, wenn wir ihr mit diesem Besuch schaden?«, sprach ich einfach meine Gedanken aus.

Meine Chefin meinte: »Wir werden nichts sagen, nur, dass wir sie überraschen wollen.« Meine Chefin war ein Engel. Sie war sehr menschlich. Ohne Fragen zu stellen, ging sie meinem Wunsch nach Yasemin zu besuchen. Obwohl sie wusste, dass sie sich in einer schwierigen Situation befand, sagte sie sofort zu ohne Fragen zu stellen. Sie bestand darauf nach Yasemins Befinden zu schauen: »Wir sind jetzt hier, wir gehen nicht zurück.«

Mein Herz begann schneller zu schlagen. Auf was für ein Bild würde ich stoßen? Inständig hoffte ich, dass unser unangekündigter Besuch Yasemin und ihren Geschwistern nicht schaden würde!

Meine Chefin drückte auf die Türklingel und meine Hände fingen an zu schwitzen, als würde ich zu einem Vorstellungsgespräch gehen. Ich rieb sie aneinander, während ich die Treppe hinaufstieg. Der kleine Suat öffnete schüchtern die Tür. »Hallo, Nurgül!«, begrüßte er mich und öffnete die Tür noch ein wenig mehr. Eine sehr harte, laute und bestimmende Stimme schrie aus dem Hintergrund: *»Wer sind diese Leute?«*

Als wir hörten, dass sich jemand mit festen Schritten der Tür näherte, schauten Suat, meine Chefin, meine Kollegin und ich uns besorgt an. Plötzlich schwang die Tür ganz auf. Unsere Augen waren groß und ich begann vor Angst zu schlucken. Suat verschwand aus unserem Blickfeld, als der Mann ihn auf bösartige Weise an seinem T-Shirt weg von der Tür zog. Vor uns stand ein nervöser, gereizter Mann mit einem Schnurrbart. In diesem Moment furchte ich neugierig die Stirn und trat einen Schritt zurück.

»Wer seid ihr?«, herrschte er uns an. Erneut schluckte ich und zeigte mit meiner Hand auf uns. »Nun, wir sind Yasemins Kolleginnen, und das ist unsere Chefin. Wir sind das Friseurteam, bei dem sie ein Praktikum absolviert«, erklärte ich. Wieder stand meine Chefin für uns ein, als die gereizte Körpersprache des Mannes sich verhärtete. Als Deutsche konnte sie etwas türkisch und sprach mit ihren gebrochenen Türkischkenntnissen: »Yasemin ist eine gute Mitarbeiterin, sie arbeitet hervorragend. Wir sind hier, um ihr zu gratulieren. Sind sie der Vater?«

Meine Chefin hatte Yasemin nicht verraten. Mit seiner lauten und harten Stimme brüllte er: »Nein, ich bin der Ehemann ihrer Tante. Sie hat jetzt was zu tun, sie kann nicht zur Tür kommen.«

Meine Chefin gab die Blumen und die Pralinen dem Mann. Er nahm die Geschenke schroff entgegen, dann schlug er uns die Tür vor der Nase zu. Wir waren geschockt! Wir alle drei keuchten gleichzeitig und starrten uns ein paar Sekunden fassungslos an: »Was war das?«

Ich kann mich nicht erinnern, wie wir die Treppe heruntergekommen sind. Ich war entsetzt und stand unter Schock, genau wie meine Chefin, die dann vorschlug: »Lasst uns etwas trinken gehen. Wir reden, nachdem wir uns beruhigt haben.«

Ohne wählerisch zu sein, kehrten wir in die nächste Cafeteria ein. Alle Tische standen eng beieinander und wir setzten uns. Jeder atmete tief ein. »Was war das?«, sprachen wir durcheinander und fingen an, unsere Ideen und Gedanken auszutauschen. Meine Chefin fühlte sich für die Situation verantwortlich und war verärgert. Ihr Drang zu helfen wuchs an und sie fragte: »Was soll ich tun? Was sollen wir tun?« Yasemin und ihre Geschwister befanden sich in einer schwierigen Situation und meine Chefin erkundigte sich nach dem kleinen Jungen. »Er war ihr Bruder«, antwortete ich.

Mehr sagte ich nicht, denn Yasemin hatte mir vertraut, daher konnte ich nicht verraten, was sie mir erzählt hatte. Auch wenn ich ihre Geschichte unbedingt teilen wollte, schwieg ich, denn ich hatte Angst, dass ich Yasemin verletzen würde. Schließlich hatte sie vor mir niemandem vertraut und ihr Geheimnis für sich behalten. Ich fühlte mich geehrt.

Wir drei waren sehr verwirrt und verzweifelt. Wir wussten nicht, was wir in dieser Situation tun sollten. Die Art, wie wir zusammen lachend zu ihr gingen und wie bitter, verwirrt und verzweifelt wir von ihr zurückkamen, war erschreckend.

Während ich an meinem letzten Schluck Kaffee nippte, erhielt ich eine Nachricht von einer Nummer, die nicht auf meinem Telefon gespeichert war.

»Ich bin es Yasemin. Ich kann Euch nicht genug danken. Vielen Dank, dass ihr mich nicht verraten habt. Sonst wäre ich sehr schlecht dran. Ich versuche, das Sorgerecht für meine Geschwister zu bekommen. Deshalb bin ich krankgeschrieben. Ich entschuldige mich sehr bei meiner Chefin. Ich werde ihr alles erzählen, wenn ich nächste Woche arbeiten komme. Ich bin froh, dich getroffen zu haben. Ich schalte mein Telefon wieder aus.«

Die Nachricht war ins Deutsche übersetzt und ich las sie vor. Meine Chefin bot sofort an: »Ich habe bereits festgestellt, dass etwas nicht gut läuft. Wenn sie dir noch einmal schreibt, kannst du ihr meine Handynummer geben. Sie kann mich anrufen, wenn sie in Schwierigkeiten gerät.«

So verließen wir dann alle erschöpft die Cafeteria. Bis Freitagabend blieb nicht viel Zeit, auch die nächste Woche rückte schnell näher.

Mein Gehirn hatte aufgehört zu arbeiten, ich war ganz durcheinander. Yasemins Probleme waren jetzt zu meinen geworden.

„Jeder trifft die richtige Entscheidung für sich.
Niemand ist berechtigt, das Leben eines anderen zu
dominieren oder Entscheidungen darüber zu treffen.
Niemand hat das Recht dazu! Wir alle haben die
Freiheit über unsere eigenen Entscheidungen, über unser
eigenes Leben zu entscheiden und unseren eigenen freien
Willen zu treffen. Jemand anderes kann dieses Recht
nicht haben, es sollte nicht sein! "

Nurgül Sönmez

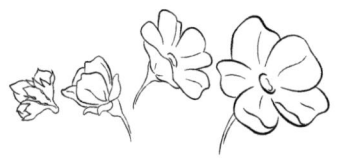

KAPITEL 4

Obwohl ich Yasemin noch nicht lange kannte, nahm ich ihre Wunden in mein Herz auf.

Auch meine Chefin hatte keine Zweifel an ihren Worten, denn Yasemin sprach die Wahrheit. Sie erzählte mit träger, bitterer Stimmung und es war wirklich REAL! Sie hatte nicht gelogen!

Es war kurz nach 8.45 Uhr. Ich war spät dran. Yasemin wartete seit 8.30 Uhr vorm Friseursalon und war vor mir am Eingang. So dachte ich, aber es war nur keine Yasemin da, als ich an unserem Treffpunkt erschien. Ich beobachtete den Weg, aber es gab keine Spur von ihr.

Unsere Mädels trudelten ein. Obwohl meine Chefin für diesen Tag beurlaubt war, kam sie trotzdem. Es war nach neun Uhr, aber es war weit und breit keine Yasemin in Sicht. Wir ließen Kunden mit oder ohne Termin herein. Wir alle beschäftigen uns mit unserer Arbeit, es war ein heilloses Durcheinander, während wir Ausschau nach Yasemin hielten. Wir sahen uns mit der Hoffnung auf eine gute Zukunft an und konnten uns gar nicht auf unsere Kunden konzentrieren.

Diesen Tag vergesse ich nie. Die Zeit war für mich stehen geblieben, das Gespräch mit den Kunden fühlte sich für mich wie eine schwere Belastung an.

Weiterhin beobachteten wir die Straße, es ging schon auf 11.00 Uhr zu. Von Yasemin gab es immer noch keine Spur.

Meine Chefin hielt es nicht mehr aus und platzte heraus: »Das ist genug! Wir rufen die Nummer an, mit der sie dir Nachrichten geschickt hat!« Ich kannte nur einen Bruchteil ihrer Geschichte, aber meine Chefin wusste nichts über sie und doch war sie menschlich und mitfühlend. Yasemin hatte unsere Herzen erobert! Wir riefen sie an, aber das Telefon war ausgeschaltet. So warteten wir alle einfach weiter im Friseursalon. Es wurde 15.00 Uhr. Es gab immer noch keine Neuigkeiten von Yasemin. Gegen 15.40 Uhr hielt ein Polizeifahrzeug vorm Friseursalon an. Wir sahen alle erschrocken raus. Yasemin stieg eingeschüchtert und verängstigt aus dem Polizeifahrzeug. Sie sah verheult aus, ihr Haar war zerzaust und ihr Oberteil war zerrissen. Schnell rannte sie in den Salon.

Normal gab es mit Yasemin nie Schwierigkeiten, sie ging sorgfältig mit ihren Kunden um, aber heute ließ sie sich einfach gehen. Ihr Gesicht war tränenüberströmt, sie befand sich in einem elenden Zustand. Unsere Chefin lief ihr entgegen und schirmte sie sofort ab.

Obwohl sie erst seit fünf Jahren in Deutschland war, sprach sie fließend Deutsch. Sie schrie auf und weinte, sowohl vor Freude als auch vor Schmerz. Der Friseursalon war überfüllt. Das war uns egal, jeder von uns verließ ihren Kunden und wir stürmten zu Yasemin. Sie hatte niemanden. Es gab keine Tür zum Anklopfen, wo sie hingehen konnte. Sie war ganz alleine! Sie trug die Verantwortung ihrer Geschwister auf den Schultern und beendete erfolgreich jede Aufgabe, die das Leben ihr aufbürdete. Sie hatte mein Herz erobert. Mein Engel ...

Der Polizeibeamte fragte: »Sind Sie Frau Nurgül Sönmez?«

»Ja, das bin ich!«, bestätigte ich. »Bitte!«

»Yasemin kann und will wegen der schrecklichen Ereignisse, die ihre Geschwister und sie durchgemacht haben, nicht mehr in dieser Stadt bleiben. Es ist zu ihrer eigenen Sicherheit. Sie will Sie bei sich haben. Würden Sie mit uns kommen?«, fragte der Beamte.

»Natürlich werde ich sie nicht alleine lassen, ich werde mitkommen!«, war meine Antwort. Mein Engelsboss pflichtete mir bei: »Wir lassen Yasemin nicht allein.«

Sofort stiegen wir in das Polizeifahrzeug und fuhren zur Wache. Yasemin, dessen Kopf auf meiner Schulter lag, weinte weiter bitterlich. Ich streichelte ihre Haare, um sie zu trösten, und versprach, dass ich bei ihr blieb, dass sie keine Angst mehr haben musste.

Yasemin schluchzte: »Ich habe es endlich geschafft! Wir überleben!«

Was meinte sie? Sie erzählte nicht einmal ein Viertel von dem, was mit ihr passiert war. Was ich wusste, war nichts.

Die wahre Geschichte!

Schweig nicht; Sprich. damit die Menschheit nicht stirbt!

KAPITEL 5

Nach kurzer Zeit kamen wir auf der Wache an. Suat und Kiraz aßen Sandwiches, die sie von den Polizisten erhalten hatten. Auch aus Yasemins Magen kam vor Hunger ein Knurren. »Yasemin«, ermahnte ich sie. Aber sie erwiderte: »Lass sie essen, wenn sie ihren Hunger gestillt haben, bin ich auch gesättigt.« Sie stellte das Wohl ihrer Geschwister immer über ihr Eigenes.

Es war nicht klar, wohin wir gingen. Wir bekamen keine Gelegenheit, uns zu unterhalten, weil ihre Geschwister bei uns waren. Ich zog sie beiseite. »Gib mir nur ein bisschen preis, was los ist. Hast du eine Strafanzeige erhalten? Was ist passiert? Sag es mir! Schweige nicht!«, flehte ich sie an. Ich zeigte ihr in Worten, dass ich es ernst meinte. Sie konnte mir nicht einmal in die Augen sehen. Sie umarmte mich weinend und schluchzte wieder:*»Was ist über die Jahre nicht alles passiert? Wie kann ich es dir erklären? Ich kann es nicht sagen! Ich schäme mich! Wie kann ich es dir sagen?«* Sie rutschte aus meinen Armen, schwach um meinen Hals geklammert, wiederholte sie sich immer wieder, dann wurde sie ohnmächtig!

Die Beamten eilten sofort nach meinem Hilferuf herbei. Zu meinem entsetzen war Yasemin nicht ohnmächtig geworden, sie hatte einen Anfall. Weißer Schaum quoll aus ihrem Mund, ihre Augen flatterten. Ihre Pupillen waren verdreht. Ich rannte zu ihren Geschwistern und nahm sie beide in die Arme. Schnell kehrte ich der schrecklichen Situation den Rücken zu, um ihre Geschwister von dieser schmerzhaften Szene zu distanzieren. Gleichzeitig versuchte ich, sie zu beruhigen. Die beiden jüngeren Geschwister, die nicht wussten, was mit ihrer Schwester geschah, wurden verrückt vor Angst und fingen an zu weinen. Die erst 21 Jahre alte Yasemin hatte nach der Anhäufung der Schmerzen und den Folterungen, die sie über Jahre erlitt, einen Anfall.

Der Krankenwagen kam sehr schnell, sie leisteten sofort Erste Hilfe vor Ort. Anschließend brachten sie sie mit dem Krankenwagen in ein Krankenhaus. Ich fuhr nicht mit, da ich die Kinder nicht verlassen wollte. Die Polizei begleitete sie und ich brauchte mir keine Sorgen mehr zu machen, sie war in guten Händen. In einem Polizeiwagen fuhr ich mit den Geschwistern hinter dem Krankenwagen her.

Es war ziemlich spät geworden, die Dunkelheit zog ein. Wir saßen auf dem Flur gegenüber von Yasemins Zimmer. Sie hing an einem Tropf und schlief. Durch die verabreichten Medikamente dämmerte sie ständig wieder weg. Da ich nichts mehr tun konnte, gab ich meine Nummer dem Krankenhaus und der Polizei. Die beiden Kinder nahm ich an diesem Abend mit zu mir und übernahm die Verantwortung für sie. Die Polizisten, die uns zum Bahnhof brachten, ließen es sich schriftlich bestätigen. »Wenn etwas passiert, rufen Sie sofort die 110 an!«, forderten sie mich auf und fuhren dann weg. Zu Hause angekommen gingen die Kinder einer nach dem anderen duschen, sie waren erschöpft und müde von dem anstrengenden Tag. Sie hatten keinen Hunger, so bereitete ich ihnen ihre Schlafplätze vor, sie schliefen auch sofort ein.

Nachdem Ruhe eingekehrt war, rief ich meine Chefin an, die mich bereits mehrmals versucht hatte, zu erreichen. Ich erzählte ihr alles von Anfang an bis zum Ende.

»Das hast du gut gemacht, indem du die Kinder mitgenommen hast. Morgen früh gegen 07.00 Uhr werde ich dich abholen, dann fahren wir zu Yasemin. Du brauchst morgen nicht zu arbeiten, lass die Geschwister nicht alleine!«, bot sie mir an. Ich war ihr sehr dankbar, denn ich war angeschlagen von der Intensität des Tages und von den Ereignissen müde. So bereitete ich mir im selben Raum, wo die Kinder lagen, ein Bett vor und schlief sofort ein.

Die Frau ist ein Blumengarten;
Sie wird mit Liebe bewässert und wächst mit Interesse...

KAPITEL 6

Wie versprochen kam am nächsten Morgen meine Chefin vorbei und wir fuhren nach dem Frühstück mit den Kindern ins Krankenhaus. In der Zwischenzeit rief Yasemin an. Ich sagte ihr, dass wir kommen würden und sie sich keine Sorgen um ihre Geschwister machen sollte, da sie bei mir seien. Sie empfing uns sehr hektisch, denn sie wollte nicht im Krankenhaus bleiben. Sie wollte klären, wo sie bleiben konnten und was sie so schnell wie möglich tun sollte, um ihr Leben in Ordnung zu bringen. Ihre Geschwister müssten sich bilden, sie müssten wieder zur Schule, aber das ginge nicht, solange sie im Krankenhaus lag.

Die Angst fraß sie auf, dass ihre Geschwister so ungebildet wie sie blieben, dass sie gezwungen waren, die Schule abzubrechen. Sie sollten nicht einen Tag aus der Schule fehlen.

Gegen acht Uhr betraten sowohl die Ärzte als auch die Polizei den Raum. Die Ärzte empfahlen ihr, im Krankenhaus zu bleiben, um sich stationär psychologisch behandeln zu lassen. Dies passte Yasemin nicht und sie wehrte sich: »Nicht zu diesem Zeitpunkt, auch nicht für einen Tag. Meine Geschwister sollen nicht zurückgelassen werden, nicht von ihrer Schule genommen werden. *Wir können nicht hierbleiben.* Wir müssen eine Unterkunft für uns finden. *Ich muss ein geregeltes Leben für meine Geschwister aufbauen.* Sie sind noch viel zu klein, um alleine gelassen zu werden.«

Yasemin, die diese Worte ständig wiederholte, war selbst noch jung. Sie versuchte, sich von ihrem Krankenbett zu erheben, während sie sich den schmerzhaften Realitäten des Lebens gegenübersah. Sie wollte keine Zeit verschwenden, daher versuchte sie, alles so schnell wie möglich in Ordnung zu bringen.

Wieder hatten wir keine Gelegenheit mit Yasemin zu sprechen. Ich vermutete, dass dieses Gespräch erst passieren würde, nachdem Yasemin und ihre Geschwister diese fürchterliche Situation hinter sich hatten. So fuhren wir wieder zur Polizeistation, wo uns mitgeteilt wurde, dass die drei in das Frauenhaus in Hannover gebracht wurden. Von dort bekamen sie die notwendige Hilfe. Das war Yasemin nur recht, denn sie wollte die Stadt so schnell wie möglich verlassen und sofort aufbrechen: *»Ich stehe in deiner Schuld. Mit unseren Sorgen haben wir dich sehr stark belastet.* Von nun an werde ich meinen Weg mit meinen Geschwistern fortsetzen. Du weißt, wo ich bin. Wenn die Polizeibeamten uns dort abgesetzt haben, rufe ich dich an. Wir werden in Kontakt bleiben, ich werde dich über alles auf dem Laufenden halten, keine Sorge«, versprach sie.

Sie verabschiedeten sich eilig von mir, als würden sie nie wieder zurückkehren. Sie stiegen in das Polizeiauto und fuhren davon. Diese Trennung tat mir sehr weh. Es war, als würden wir uns nie wiedersehen. Ich war sehr traurig, innerlich voller Schmerz und ich konnte immer noch nicht mit ihr sprechen. Yasemin war volljährig, alt genug, um ihr eigenes Leben aufzubauen, setzte die Segel und ließ das Negative hinter sich. Sie suchte nach Glück und Frieden. Sie war weg ...

Yasemin ging, wie sie kam ...

*Die Vergangenheit kann zwar gelöscht werden,
aber der Schmerz bleibt.*

KAPITEL 7

Liebevoll trat meine Chefin an mich heran: »Es war ein sehr anstrengender Tag. Du gehst besser nach Hause. Ruh dich aus und schlaf ein bisschen. Du kommst, wenn du wieder fit bist.«

Da mein Bruder auf der Arbeit war, wollte ich in diesem Moment nicht alleine zu Hause sein. »Nein danke, aber ich bin für meinen Job verantwortlich und ich möchte jetzt nicht allein sein!«, gestand ich und so fuhren wir gemeinsam zur Arbeit.

Am Ende des Tages war ich sehr traurig und still, sowie körperlich und geistig vor Müdigkeit erschöpft. Nach meiner Schicht sprach ich beim Abendessen mit meinem Bruder darüber, was wir tagsüber erlebt hatten. Plötzlich rief Yasemin an und ich wurde sehr aufgeregt.

«»Wir haben ein Zimmer bekommen. Bitte sorge dich nicht um uns, uns geht es gut. Morgen früh werden wir alle notwendigen Verfahren mit den Sozialarbeitern besprechen. Sie werden sich sogar um eine Wohnung für uns kümmern und für meine Geschwister die passende Schule finden. Sie besorgen mir auch eine Arbeit«, plapperte sie freudestrahlend in den Hörer.

«Als ich diese glückliche und hoffnungsvolle Stimme hörte, war ich sehr erleichtert. Mir fiel ein Stein vom Herzen. Sie hielt mich wirklich über die Entwicklungen auf dem Laufenden.

»Sie haben uns nicht nach *Hannover gebracht, sondern nach Münster.* Das haben sie dir zu *unserer Sicherheit* gesagt«, erklärte Yasemin.

»Yasemin, lass mich nicht im Ungewissen. Informiere mich definitiv darüber, wie es weitergeht!«, bat ich sie. Nach einem kurzen Gespräch beendeten wir das Telefonat. Für mich war es von größter Bedeutung mit ihr zu sprechen.

Mein Bruder bemerkte meine Stille und sprach mit mir. Er war immer liebevoll. Seine einfühlsame Art baute mich auf und gab mir Kraft. Die Geschichte von Yasemin, die ich gerade nur zu einem Achtel gehört hatte, und das, was ich miterlebte, bedrückte mich sehr. Es gab mir das Gefühl, meine Vergangenheit wieder zu erleben. Yasemin war die erste Person, die meinem Spiegelbild glich. Ich dachte bestimmt nicht daran, sie im Stich zu lassen.

Yasemin rief mich jeden Tag an. Sie hielt mich immer über ihre Fortschritte und Entwicklungen auf dem Laufenden. Ihre Geschwister wurden an der Schule angenommen und sie fanden eine passende Wohnung, die sie am Ende des Monats beziehen konnten. Bis zu ihrem Umzug blieb Yasemin im Frauenhaus. Sie hatte es immer noch eilig, einen Job zu suchen, daher konnte sie keinen Frieden finden und fühlte sich nicht wohl. So half ich ihr auch bei der Arbeitssuche über das Internet. Ich teilte ihr die Adressen der Jobs mit, die ich gefunden hatte, die für sie geeignet waren. Bei Bedarf rief ich sogar selbst an. Je mehr ich ihre Last erleichtern konnte, desto mehr Frieden erfüllte mich. Solange mein Herr mir diese Macht gab, wollte ich immer mit Yasemin und ihren Geschwistern zusammen sein und sie unterstützen.

Der Umzugstag rückte näher. Als Salonteam wollten wir Yasemin mit den wichtigsten Haushaltswaren überraschen. Wie zum Beispiel Matratzen, Bettdecken, Kissen usw. Wir kauften alles neu und waren an dem Tag bei ihr, als sie umzog. Ihre Haushaltsgeräte und Möbel wurden vom Frauenhaus organisiert, die vom Staat finanziert wurden. Da Yasemin und ihre Geschwister wirklich hilfebedürftig waren, war ich sehr froh, dass sie alle erdenkliche Hilfe bekamen. Ich hielt im Übermaß Gabel, Löffel, Porzellanteller, Glas, Töpfe usw. in Händen. Ich verstaute alles in Kisten.

Es ergab sich immer noch keine Gelegenheit, mit Yasemin alleine zu sprechen. Diese Tatsache fraß mich innerlich auf. Da ich mehrere Jobs hatte, konnte ich nicht jedes Mal zu ihr gehen, wie ich wollte, und Yasemin konnte wegen ihres Zustands nicht zu mir kommen. Unsere Anrufe waren immer kurz, wir besprachen nur die wichtigen Dinge am Telefon. Endlich fand Yasemin dann auch Arbeit. Sie erholte sich sehr schnell und stand aufrecht im Leben. An der Spitze standen immer noch ihre Geschwister.

Ein herzzerreißender,
wird definitiv daran brechen…

KAPITEL 8

Nächste Woche Donnerstag war ein Feiertag. Vor längerer Zeit hatte ich meinen Urlaubsantrag genehmigt bekommen, damit ich ein verlängertes Wochenende erhielt, was ich unbedingt nötig hatte. Freitags und samstags erhielt ich die Erlaubnis von der Lounge und sonntags und montags vom Restaurant. Ich wollte mit meinem Bruder Yasemin besuchen. Unsere Telefongespräche wurden von Tag zu Tag länger und intensiver. Sie sprach über alle Themen, von ihrem Schmerz, der Traurigkeit und ihrer Einsamkeit, die sie in sich trug.

Endlich war der Tag gekommen, wir besuchten Yasemin von Donnerstag bis Sonntag. Die Zugfahrt dauerte vier Stunden. Yasemin wartete mit ihren Geschwistern am Hauptbahnhof auf uns. Ich freute mich, alle drei endlich zu sehen. Wir mussten nicht weit laufen und kamen endlich in ihrer Wohnung an. Yasemin hatte bereits den Frühstückstisch vorbereitet und den Tee gebraut. Sobald wir am Tisch saßen, redeten wir über Gott und die Welt. Unser Lachen war ein Hinweis darauf, wie hungrig und sehnsüchtig wir nach Freude und Glück waren. Ja, diejenigen von uns am Frühstückstisch waren hungrig nach Freude und Glück!

Mein Bruder schloss alle drei in sein Herz, was mich sehr freute. Die Verbindung wurde noch stärker, als die Geschwister anfingen, ihn Onkel zu nennen. Mit der Zeit wurden wir eine richtige kleine Familie.

Wir sprachen darüber, was wir bis Sonntag alles unternehmen könnten und organisierten unsere Tage. Ich wollte, dass Yasemin sich ausruhte, sich generierte und etwas Gutes für sich selbst tat. Deshalb hatte ich zuvor Kinokarten online für die Geschwister und mich gebucht, um mehr Zeit mit ihnen zu verbringen. In der Zwischenzeit sollte Yasemin zur kosmetischen Hautpflege, Massage, Friseur und Maniküre gehen. Die Termine hatte ich schon für sie gebucht. Ihrer Seele täte es sehr gut, sowohl geistig als auch körperlich. Dies war meine Überraschung für sie und sie freute sich riesig. Sie fing an zu tanzen und zu hüpfen wie ein kleines Kind. *Sie hatte tatsächlich mehr verdient.*

Alle redeten zur gleichen Zeit, als fürchteten wir jeden Moment getrennt zu werden. Wir hatten immer Angst, dass unsere Treffen, die viel zu kurz waren, die Letzten sein könnten. In den ersten Minuten sprachen wir durcheinander: *»Wir machen dies und das, das geht so und so.«* Sogar die Verkostung war großartig. Es war das Ende der traurigen Gesichter. Die schrecklichen Tage des Schmerzes und der Frustration waren vorbei, es war wie das ewige Glück.

Ich dachte nicht im Traum daran, Yasemin zum Reden zu zwingen und unterbrach nie ihre Gespräche! Ich fühlte mich bereit zuzuhören, wenn sie darüber sprechen wollte, was geschehen war. Der Vorschlag zu reden musste von ihr kommen. Ansonsten hätte ich nicht daran gedacht, diese Themen anzusprechen, um sie nicht zu verärgern, zu ermüden oder traurig zu machen.

Nach dem Frühstück nahmen die Kinder meinen Bruder mit in ihr Zimmer, damit sie ihm ihre Videospiele zeigen konnten.

Wir saßen am Frühstückstisch, den wir immer noch nicht abgedeckt hatten, und tranken gemütlich unseren Tee. Inzwischen hatte Yasemin angefangen zu rauchen. »Du weißt nicht einmal, wie man daran zieht. Yasemin, das Beste ist es zu lassen, bevor du nicht mehr aufhören kannst«, ermahnte ich sie.

»Du hast recht!«, antwortete sie einsichtig.

Wir fingen an, uns gegenseitig Fragen aus dem täglichen Leben zu stellen. Wie zum Beispiel, ob sie mit ihrem Arbeitsleben, ihrem neuen Arbeitgeber und ihrem neuen Umfeld zufrieden war.

»Du hattest recht, die Friseure können ihren Lebensunterhalt nicht von einem Gehalt bestreiten. Ich habe wie du auch einen zusätzlichen Job gefunden!«, erzählte Yasemin.

»Welche Zusatzarbeit? Als was? Wo? Und wo sind deine Geschwister zu dieser Zeit? Was machen sie, während du weg bist?«, fragte ich hektisch.

»Sie mögen jung sein, aber sie sind die Kinder, die hart vom Leben getroffen wurden. Selbst in diesem Alter können sie das Haus ein oder zwei Wochen ohne mich führen«, meinte sie nur.

Es war wirklich eine schmerzhafte Wahrheit des Lebens. Diese Belastung sollte kein Kind tragen müssen. Sie hätten solcher Verantwortung nicht unterliegen sollen. Wieder traf mich ein Bild der harten Realitäten des Lebens.

Während Yasemin einige Probleme ansprach, hörte ihr Kinn auf zu zittern. Vor mir stand jetzt eine verhärtetere und stärkere Yasemin. Einerseits war ich sehr glücklich, andererseits hatte ich ehrlich gesagt Angst. *Was hatte Yasemin von heute auf morgen so hart gemacht? Was trieb sie an, diese Entscheidung zu treffen? Was ließ sie von Zeit zu Zeit so gefühllos werden?*

Diese Frau war nicht mehr die Yasemin, die ich kannte. Sie brachte mich zum Nachdenken. Es schien ein Wendepunkt zu sein. Während wir über all das sprachen, hatten wir bereits den Frühstückstisch abgeräumt.

In der Zeit, in der Yasemin krankgeschrieben war, versuchte sie, das Sorgerecht für ihre Geschwister zu erhalten. Durch Gerichtsbeschluss hatte sie es auch tatsächlich bekommen. Dies war die Belohnung für ihr Vertrauen. Endlich konnten ihre Verwandten ihr nicht mehr die Geschwister abnehmen. Sogar ein Näherungsverbot hatte sie zugesprochen bekommen. Niemand wusste, wo sie wohnten, sie waren sicher. Yasemin war vom Abgrund einer großen Katastrophe bewahrt worden. Die albtraumhaften Tage hatte sie nun hinter sich gelassen. Allerdings wusste ich, dass ihre Geschichte bald ans Tageslicht gelangte.

Mit großem Stolz sagte Yasemin: »Komm, lass mich dir die Wohnung zeigen und was ich sonst noch gekauft habe.« Wir gingen durch die Zimmer, sie zeigte mir die neuen Möbel und Dekorationen, die sie gekauft oder vom Amt erhalten hatte. Sie war zufrieden mit ihrer Wohnung und schien sich neu gefunden zu haben. Diese Situation hatte mich sehr glücklich gemacht.

Da mein Bruder mit den Geschwistern im Kinderzimmer spielte, hatte ich endlich die Gelegenheit, mit Yasemin zu sprechen. Die am Frühstückstisch gestellten Fragen blieben unbeantwortet. Jedoch beim Kaffee kochen, fing sie an zu reden: *»Viel hat sich in meinem Leben verändert. Ich habe viele Dinge verloren. Ich konnte nicht einmal die Hauptdarstellerin meines Lebens sein. Aus der Not heraus kann ich zwar aufrecht stehen, aber ich bin erschöpft. Eigentlich müsste ich in meinem Alter zusammenbrechen, aber ich zwinge mich aufrecht zu stehen.«* Mit dem Rücken zu mir stand sie an der Küchentheke und schenkte ihre Aufmerksamkeit ganz dem Kaffee. Ihre seufzenden Sätze taten mir weh. Ich hatte ihren Zustand verstanden. Auch wenn sie nichts sagte, verstand ich sehr gut, was diese Gefühle bedeuteten.

»Ich habe dir nicht alles über mich erzählt. Es ging einfach alles zu hektisch zu, ich konnte nicht Schritt halten. Ungelogen dieser Tag ist für mich heute noch ganz präsent«, gestand sie.

Mitfühlend schaute ich sie an und flüsterte mehr, als ich sprach: »Ich wollte dich nicht überfordern, schon gar nicht zwingen, über dein Schicksal und deinen Schmerz zu erzählen. Es war noch nicht an der Zeit. Vielleicht ist auch jetzt noch nicht der richtige Zeitpunkt gekommen.«

Ihr Kiefer zitterte, ihre Augen waren fokussiert und wanderten zeitweise in weite Ferne. Yasemin war überfordert.

»Ich würde dir gerne Bilder aus meiner Vergangenheit zeigen, aber ich habe kein einziges Bild von meiner Mutter, meinem Vater oder meiner Kindheit. *Ich habe sogar das Gesicht meiner Mutter vergessen, ich erinnere mich nicht daran. Ein Wort meines Vaters blieb immer in meinem Kopf.* Wenn ich mich an dieses Wort erinnere, sehe ich sein Gesicht vor mir. Mein Vater ist immer noch nicht aus meinem *Gedächtnis* verschwunden!«, sagte sie und man konnte ihre Emotionen vom Gesicht ablesen.

»Warum gibt es keine Bilder?«, wenn ich fragen darf.

»Meine Stiefmutter hat sie alle zerrissen!«, antwortete sie. »Es gab nicht viel, du weißt, ich habe es dir erzählt. Wir verkauften alles, was wir von den Weinbergen, Gemüsefeldern und Obstgärten ernteten auf dem Markt. Nur so verdienten wir unseren Lebensunterhalt. Unsere finanzielle Situation war nicht gut.«

»Wir sind uns sehr ähnlich, mir erging es in jungen Jahren nicht viel anders. Aber Gott sei Dank, es gibt schlimmere Schicksale. Wir sollten immer dankbar sein. Wenn wir nicht stark, entschlossen und ehrgeizig wären, wer weiß, welche Katastrophen wir erlitten hätten. Wir stehen unter Gottes Schutz als Vollwaisen. Wir haben es geschafft, Stürmen zu trotzen, dem Wind Widerstand zu leisten, egal wie oft der Regen uns durchnässte. Wir erfuhren den Hunger, schliefen im Freien und wir stehen immer noch aufrecht.«

Wir befanden uns in einem tiefen Gespräch, ohne zu wissen, wo die Reise hinging. Aber vor mir stand eine hartgesottene, sehr reife Yasemin. Sie hatte ihre eigenen Probleme überwunden, die Kraft geschöpft, um auch den Rest zu ertragen. Yasemin gab den Widerstand nicht auf und hatte überlebt.

Manchmal lenkten uns unsere Kaffeetassen in der Hand ab, dann waren wir wieder in intensive Gespräche verwickelt. Auf einmal packte sie mich am Arm, während ich meinen Kaffee trank. *»Als ich dreizehn war, übergaben sie mich einem 37 Jahre alten Mann, der in der Nähe unseres Dorfes lebte, als seine Frau.* Egal wie reif ich in diesem Alter aufgrund der Verantwortung schien, die ich übernommen hatte. Wenn ich heute zurückblicke, sehe ich, dass ich tatsächlich ein Kind war. Ich hatte meine Kindheit nie leben dürfen. *Sie gaben mir nicht einmal einen Tag davon«,* getsand ich.

Mit fokussierten Blicken starrte ich sie während ihrer Erzählung an und legte meine Hand auf ihre, mit der sie meinen

Arm umklammerte. Sie redete weiter, während ich nur zuhörte: »Ich dachte, mein Vater und meine Stiefmutter hätten diese Entscheidung gemeinsam getroffen, mich diesem Mann zu gegeben. Ich dachte, ich wäre reif gewesen, aber ich verstand in Wirklichkeit nicht, was vor sich ging. Nachdem ein paar Wochen vergangen waren, hatte es meine Stiefmutter eines Tages sehr eilig und drängte mich: *»Zieh dein festliches Kleid an, sieh gut aus. Mach dich fertig, wir gehen. Beeile dich!«* Schnell hörte ich mit der Hausarbeit auf, machte mich fertig und dachte: *»Wie schön, wir machen eine Spazierfahrt.«* Sie nahmen mich zum ersten Mal mit. Die Schelte meiner Stiefmutter rührte mich nicht, ich begann mich zu freuen. Es dauerte nicht lange, ich hatte vielleicht fünf Minuten zum Anziehen, da drängte sie schon: *»Komm schon, Beeilung! Warum trödelst du so?«* Ich konnte wegen ihrer Hektik nicht in den Spiegel schauen. So eilte ich aus meinem Zimmer und rannte zur Tür. Meine Stiefmutter keifte mich an: *»Du hast noch nicht einmal deine Haare gekämmt. Ich hoffe, sie werden ihre Meinung nicht ändern.«* Sie riss die Tür auf und zog mich an den Haaren hinter sich her nach draußen.

Meiner Stiefmutter, die mich auf dem Weg mit Tausenden verletzenden Worten beschimpfte, konnte ich nicht widersprechen. Hektisch brachte sie mich zur Hauptstraße. Ein Auto parkte am Straßenrand und ein alter Mann stieg aus. Er flüsterte geheimnisvoll mit meiner Stiefmutter. *»Wer sind diese Leute? Wo ist mein Vater? Warum ist er nicht gekommen?«*, dachte ich, aber konnte keine Antworten finden.

Nicht eine Antwort erhielt ich auf meine Fragen, die ich irgendwann anfing, laut zu stellen und immer wiederholte. Sie setzte mich einfach in das Auto. *»Komm schon, steig ein. Ich komme auch jetzt«*, versprach sie, ich beobachtete meine Stiefmutter und ließ sie nicht einen Augenblick aus den Augen. Sie sprach weiterhin draußen mit diesem Mann, meine Angst wuchs jede Sekunde an. Im Auto saßen eine Frau und ein weiterer Mann. Die ältere Dame nuschelte ständig und lenkte mich ab: »Ist das unsere junge Braut?« Meine Stiefmutter und dieser Mann besprachen irgendwelche Dinge, die ich verwunderlich fand.

Es war die Brautgabe, die sie annahm.

Der alte Mann stieg wieder ins Auto, sodass ich in der Mitte saß. Ich dachte, meine Stiefmutter würde auch einsteigen, aber der Fahrer startete das Auto und fuhr los. *»Meine Stiefmutter würde auch kommen«*, redete ich mir ein, ich war entsetzt. »Wir fahren zu uns nach Hause, sie kommt am Abend«, sagte der alte Mann. *Wer waren die Leute im Auto?* Ich kannte nicht einen von ihnen aus den umliegenden Dörfern, ich hatte auch dieses Auto noch nie in der Nachbarschaft gesehen.

Irgendwann hielten wir in einem Dorf an. *»Wir sind da«*, informierte mich der Mann. *»Sie sind nicht von hier, sie bringen mich nur irgendwohin, aber wohin?«*, dachte ich. Die ältere Frau fragte mich: *»Sag mal kleines Mädchen, wie heißt du? Wie alt bist du?«*

Ich beantwortete ihre Fragen wahrheitsgemäß. *»Dein Name ist schön, aber dein Schicksal ist mit Pech erfüllt. Das Mädchen ist noch so jung«*, sagte sie zu dem älteren Mann, der ihr Ehegatte war.

Da verstand ich erst, dass sie mich zu dem Haus des Mannes brachten, den ich als einen Onkel ansah. Deshalb wollte meine Stiefmutter, dass ich mich fertigmachte und mich gut anzog. Ich fing an zu weinen, denn ich wusste immer noch nicht, was los war oder was das bedeutete.

Wir hielten vor einem dreistöckigen Haus an, das dem Mann gehörte, den ich Onkel nannte. *»Wir sind da, steig aus!«*, sagte er. Der alte Mann und die ältere Frau ließen mich im Stich, obwohl sie uns ins Haus begleiteten, fühlte ich mich alleine. Tausende Fragen wurden mit und mit beantwortet.

Meine Stiefmutter hatte mich an diesen Mann verkauft, in dem sie meine Brautgabe annahm.«

Während Yasemin dies erzählte, weinte sie. Ihr Kinn zitterte und ihre Augen waren voller Tränen. Ich stand auf und brachte ihr ein Taschentuch, dann bat ich meinen Bruder: »Kümmer dich weiter um die Kinder, ich werde mit Yasemin sprechen.« Anschließend ging ich wieder zu Yasemin. Diesmal war sie sehr entschlossen, sie wollte reden. Sie wollte ihre innerliche Last loswerden, sich alle Probleme, die an ihr nagten von der Seele reden.

Ich wollte ihr zuhören, ohne Fragen zu stellen und sie im Wissen lassen, dass ich sie immer unterstützen würde. Immer noch weinerlich, erlebte Yasemin, was sie erzählte, mit jeder Träne noch einmal. Ich wollte sie jetzt nicht umarmen und damit zum Schweigen bringen oder sie daran hindern zu weinen. Es war Zeit alles rauszulassen. Du bist in guten Händen, ich bin bei dir, versuchte ich ihr mit meiner Körpersprache zu vermitteln und streckte ihr meine Hände entgegen. Yasemin, die diese Aufrichtigkeit und das Vertrauen fühlte, sagte: *»Ich bin in sicheren Händen, Gott sei Dank!«*

Von jetzt an hätte ich erraten können, was ihr widerfahren war, aber ich zog es vor, Yasemin reden zu lassen, ohne sie zu unterbrechen, bis sie von ganz alleine *"Halt! STOPP"* rief. Meistens waren die Ereignisse schlimmer, katastrophaler und herzzerreißender als angenommen. So wollte ich meine Vermutungen beiseitelegen und ihr einfach zuhören. Ich stellte ein Glas kaltes Wasser neben die leeren Kaffeetassen. Yasemin hatte es satt zu weinen, war aber gleichzeitig erleichtert. Sie seufzte tief, nachdem sie ein paar Schluck Wasser getrunken hatte. Yasemin, die entschlossen war, dort weiterzumachen, wo sie aufgehört hatte, erzählte weiter: »Wenn du nicht möchtest, brauchen wir das Thema nicht zu vertiefen. Ich bin so verwirrt, dass ich gar nicht weiß, was ich erzählen soll. *Du weißt, nicht mit jedem kann man sprechen, nicht jedem kann vertraut werden. Seit meiner Kindheit hat das Chaos der Menschen eine Narbe auf meinem Herzen hinterlassen.* Ich möchte dich nicht verwirren, aber ich möchte da weitermachen, wo ich aufgehört habe.«

Aufmunternd nickte ich ihr zu und Yasemin nahm den Faden wieder auf: »Ich höre immer noch, wie alle Anwesenden, als wir mit der alten Frau das Haus betraten, überrascht und erstaunt flüsterten: *»Sie ist noch ein Kind!«* Einige Dinge habe ich vergessen, es ist, als wären sie aus meinem Gedächtnis gelöscht worden, aber ich erinnere mich so deutlich an diesen Tag, als wäre es gestern gewesen.

In meinem schüchternen und ängstlichen Zustand schaute ich alle an. Fragen wirbelten in meinem Kopf herum wie: *»Wo war mein Vater? Warum schob meine Stiefmutter mich in das Auto?«*

»Habt ihr mich entführt?«, schrie ich fast. Ich musste es wisssen.

»Nein, haben wir nicht! Deine Stiefmutter hat unsere **Brautgabe** angenommen«, erklärte der Bruder der Person, den ich als 37jährigen Onkel ansah. Die alte Frau, die mich herbrachte, zeigte durch ihr Auftreten, dass sie sehr optimistisch und barmherzig war. Ich sollte aufstehen und den Tisch decken, dann sagte sie: »Sag das nicht, mein Sohn, unser Mädchen hat keine Schuld. Sie ist noch ein Kind.«

Vor Angst traute ich mich nicht einmal zur Toilette zu gehen. Ich konnte das nicht zu Hause machen, weil meine Stiefmutter es so eilig hatte. Die alte Frau hatte die Küche betreten. Erst da wagte ich zu erwähnen: »Ich müsste ganz dringend zur Toilette.«

»Lauf nicht weg, du wirst in Schwierigkeiten geraten.

Ich werde dir helfen, hier rauszukommen«, versprach sie und brachte mich ins Badezimmer. Vor der Tür wartete sie, bis ich fertig war.

Ich konnte meine Tränen nicht mehr zurückhalten und lief weinend aus dem Badezimmer. Langsam wurde ich hysterisch und betonte laut meine Fragen: *»Was ist hier los? Sag mir, warum habt ihr mich hierhergebracht? Ich muss nach Hause. Weiß mein Vater, dass ich hier bin?«*

»Deine Stiefmutter hat dich verkauft!«, offenbarte mir sein Bruder. »Wirst du schon vom ersten Tag an so eine freche Zunge haben? *Dich muss man als Schössling im jungen Alter züchtigen.«* Er kam wütend zu mir und schlug mich mit aller Macht. Mit den Händen bedeckte ich mein Gesicht und schlug auf den Boden. Es war nur diese alte Frau, die mir half: »Nicht! Sie ist nur ein Kind! Sie weiß nicht, was passiert ist, lass deine Hände von ihr. Wenn dein Bruder kommt, wirst du Ärger bekommen.«

Alle schauten mich an, ich rannte ins Badezimmer, ohne jemanden anzuschauen und weinte. Hinter mir schloss ich ab. Es klopfte laut an der Tür. Ich verstand nicht, was vor sich ging. *»Öffne die Tür, öffne die Tür!«,* brüllte jemand. Ich hatte Angst und weinte noch mehr.

Als es weiter heftig gegen die Tür schlug, bemerkte ich, dass sich immer mehr Stimmen vermischten. Es waren noch mehr Leute ins Haus gekommen. *»Werden sie jetzt alle zu mir kommen?«,* schrie eine Stimme in meinem Kopf vor Panik.

Plötzlich wurde es still. Nach einer Weile drangen die Worte der alten Frau gedämpft durch die Tür: »Hey Kleines mach die Tür auf, hab keine Angst! Ich bin hier, sie haben ihn vom Haus weggebracht.« Ich war erleichtert, da ich der alten Frau vertraute. Trotz Angst öffnete ich langsam die Tür und wie versprochen stand sie alleine vor mir.

»Komm zu mir, ich sage dir, was ich weiß und was du wissen musst«, sprach sie sanft auf mich ein. Nur ich konnte mich nicht beruhigen. »Wo sind sie hingegangen, wird er wiederkommen? Lebt er hier in diesem Haus?«, schluchzte ich.

»Er wohnt unten!«, gestand sie. Wir setzten uns aufs Bett und sie erklärte es mir nacheinander. Von Zeit zu Zeit unterbrach ich sie und stellte überrascht und ängstlich Fragen, die mir in den Sinn kamen. *»Ich kenne ihn vom Wochenmarkt, ich habe noch nicht einmal mit ihm gesprochen. Ich bin erst 13 Jahre alt. Er kam hin und wieder und kaufte viel bei uns ein, aber ich bin mir nicht sicher, ob das die Person ist, die ich Onkel nenne?«*

»Kleines, hast du ihn nicht gesehen, als er zu euch nach Hause gekommen ist?«, hakte sie nach.

»Nein! Meine Stiefmutter ließ mich nicht aus dem Raum. Ich habe ihn nicht einmal gesehen«, jammerte ich.

Die ältere Frau erwiderte: »Oh, deine Stiefmutter ähnelt einer Schlange! Alles kam von ihrer Seite. Sie hat auch deine Beigabe als Brautgeschenk bekommen. Dein Vater weiß nicht, dass du hier bist. *Sie haben dich hier her entführt.«*

»Wir müssen etwas tun, bitte rette mich von hier«, flehte ich die alte Frau schluchzend an.

»Gib mir mal einen Moment zum Nachdenken. Wie können wir es schaffen, ohne Schaden davonzutragen? Lass mich ein Gespräch mit meinem Ehegatten führen«, bat sie.

Auf einmal kam jemand ins Haus und ich fing an zu zittern. Meine Neugier war gestillt. Jetzt wusste ich, was Sache war.

Eine laute Stimme rief: *»Wo seid ihr?«*

Während wir auf die Neuankömmlinge warteten, flehte ich die ältere Frau an: »Bitte, tu etwas! Geh zur Polizei, erzähl denen, dass ich entführt wurde. Tu es, bitte, bitte … *Hilf mir!«*

Die Haustür öffnete sich. Drei Frauen und vier Männer standen vor der Tür. »Kommt herein!«, sagte eine Stimme aus dem Nebenraum. Daraufhin trat die Menge ein, wir gingen zu ihnen hinüber. Wir saßen alle irgendwo im Gästezimmer, aber ich hielt meinen Kopf gesenkt. Ich konnte nicht in die Gesichter derer schauen, die so schlecht waren. Ein alter Mann im Raum wurde nervös und blaffte mich an: *»Steh auf, was sitzt du? Gebt ihr ordentliche Kleidung, die ihren Körper bedeckt, sonst haben wir bald keine Ehre mehr. So freizügig wie sie gekleidet ist, setzt sie meinem Sohn Hörner auf. Sie hat bereits meinem jüngeren Sohn den Kopf verdreht. Steh auf!«*

Unter großem Schock schrie ich. **»*Wissen Sie, was Sie da überhaupt sagen?*«** Ich sprang von meinem Sitz auf und machte einfach weiter: »Das ist zu viel, ihr wart es, die mir dieses Böse angetan habt. Ihr habt mich **entführt,** ich will nach Hause gehen!« Er ging auf mich zu, trat und schlug mich, beleidigte und beschimpfte mich hart. Wieder hatte ich es nur der alten Frau zu verdanken, dass nichts Schlimmeres geschah und er von mir abließ. Das konnte nicht mein Schicksal sein. Ich wollte diese Tyrannei nicht erleben. Die Frauen, die zu Besuch waren, sagten: »Schweig Mädchen, schäme dich! Wenn du am ersten Tag so bist, wer weiß, welche Socken du noch stricken wirst.«

Zerrend und schubsend wurde ich in die obere Etage gebracht, aber diesmal weinte ich nicht. Dieses Haus, in das ich im Alter von dreizehn Jahren entführt wurde, machte mich durch die ungerechten Worte und Schläge nur stärker.

Die Frauen, die mich nach oben brachten, waren in Zukunft meine Schwägerinnen. Sie meinten: »Wir sind deine Schwägerinnen, widersprech uns nicht.« Aber es waren nicht alle so. Eine der drei Frauen, die vor mir stand, war die Frau des Mannes, den ich heiraten sollte. Ich sollte mit 13 Jahren seine zweite Ehefrau werden. Die Welt brach über mir zusammen, ich erlitt einen der schwersten Treffer des Lebens. Sie erlebte jeden Moment mit. Obwohl sie noch wütender war als ich, schwieg sie. Ich hatte nicht einmal ihre Stimme gehört. Wir hatten wegen der beiden anderen Frauen noch keine Gelegenheit zum Reden gehabt. Unsere Blicke trafen sich und verrieten, was wir durchgemacht hatten. Die Frau, seine erste Ehefrau, war erst 24 Jahre alt. Sie war jung, sehr unschuldig und traurig.«

Yasemin hatte ihren letzten Satz beendet. Sie war tief in ihren Albträumen versunken. Ihr Blick konzentrierte sich auf einen Punkt. Um sie zu trösten, tätschelte ich ihr mit einer Hand den Rücken, dann stand ich auf und brachte unsere leeren Kaffeetassen in die Küche. Yasemin hatte einen großen Albtraum hinter sich, sowie Katastrophen, Angst, Folter und ...

Wir hatten uns fast zwei Stunden lang unterhalten. Yasemin stand auch auf, folgt mir in die Küche, umarmte mich und hauchte: *»Schön dich zu haben. Ich bin froh, dass du hier bist!«*

Es war notwendig, dass ich mich ihr sachte näherte und sehr feinfühlig mit ihr umging. Sie sollte sich Schritt für Schritt öffnen. Verständnis und Toleranz standen jetzt im Vordergrund.

Gib niemals auf! Hoffnung; Denk daran,
es ist der einzige Zufluchtsort des Menschen.

KAPITEL 9

In der Zeit, in der wir redeten, ging mein Bruder mit den Gewistern in die Eisdiele. Wir riefen ihn an und fragten: »Wie geht es euch? Wo seid ihr? Was macht ihr?« Knapp antwortete er: »Wir kommen nach Hause.« So warteten wir im Wohnzimmer auf sie und ich erzählte Yasemin: »Ich habe mich online erkundigt, es gibt einen wunderschönen Park am Flussufer in der Nähe eures Hauses mit Restaurants und Cafeterias. Was sagst du, wenn die Kinder nach Hause kommen, sollen wir alle zusammen los? Die frische Luft täte uns sehr gut, wir können im Restaurant essen und entspannt nach dem Spazierengehen wieder nach Hause kommen.«

Begeistert stimmte Yasemin zu: »Das wäre großartig, der Park ist nicht weit von hier entfernt, das stimmt. Lass mich die Klamotten der Kinder vorbereiten, und ich ziehe mich schnell um.«

Die Kinder kamen und wir gingen wie besprochen raus. Sie erzählten von der Schule, über den Unterricht bis hin zum Umgang mit den Klassenkameraden. Auf dem Weg waren wir fröhlich und das Gespräch war erfrischend. Wir aßen in einem tollen Restaurant, anschließend gingen wir lange spazieren, bevor wir nach Hause fanden. Nachdem wir alle möglichen Denkspiele gespielt hatten, waren mehrere Stunden vergangen und die Kinder gähnten. So machten sie sich zum Schlafen fertig und gingen ins Bett. Mein Bruder verabschiedete sich auch und legte sich hin. Wir Frauen räumten noch die Wohnung auf, anschließend machten wir es uns auf dem Sofa bequem.

Mit der gleichen Aufregung begann Yasemin, die Fortsetzung ihres Lebens zu erzählen: »Diese beiden anderen Frauen, von denen ich dir erzählt habe, gaben mir einen Schal damit ich meine Haare bedeckte, so wie einen Shalwar. Sie wollten eindringlich, dass ich sie trug. Von wegen, sie dachten nur: »Ich würde ihre Ehemänner mit den Kleidern, die ich trug, verführen.« Ich verstehe diese Leute nicht. Bemerkten diese Menschen denn nicht, in welcher Notlage ich mich befand? Es gab dafür keine Worte mehr. Sie taten mir so viel Ungerechtigkeit an und verleumdeten mich. Ich war ein Kind, sie waren Frauen, die bereits selbst Kinder hatten. *»Wie kann eine Frau einer anderen Frau eine solche Tyrannei antun?«*

Die Frau, dessen Mann ich heiraten sollte, schwieg weiterhin. Sie saß wie ein trostloser Engel auf dem Bett und schien unter Schock zu stehen, griff aber nicht ein. Warum ertrug sie die Ungerechtigkeit, die ihr angetan wurde? Ich wusste noch nichts über sie. Nach genügend Beleidigungen stand sie plötzlich von ihrem Bett auf und sagte: *»Okay, das reicht jetzt! Ihr wollt ja gar nicht aufhören. Eure Tyrannei habe ich allmählich satt. Lasst uns jetzt in Ruhe. Geht runter, wir kommen gleich nach.«*

Es war das erste Mal, dass sie sprach und ich war froh darüber, dass sie redete. Tatsächlich gingen die Frauen runter und wir waren beide alleine. Ich fühlte, dass sie ein guter Mensch war.

»Es tut mir sehr leid, was dir passiert ist. Du bist ja noch so klein. Du bist ein Kind, ich war schockiert, dich zu sehen. *Was für eine Art von Menschlichkeit ist das? Gibt es keine Gnade oder kein Gewissen mehr in dieser Welt?* Als ob es nicht genug wäre, was sie dir bereits angetan haben, machen sie dich nieder. *Dein Vater hat keine Schuld. Die Schlange, deine Stiefmutter, mein Schwiegervater und meine Schwiegermutter sind die Schuldigen«,* gab die arme Frau zu, die sich anfing zu verfluchen, weil sie sich ihrem Schicksal unterworfen hatte.

»Was jetzt passieren wird, weiß keiner von uns. Wissen die überhaupt, was für ein Übel sie uns angetan haben?«, jammerte ich.

Der Name der Frau, die sich plötzlich fallen ließ und weinte, war Leyla. Sie erzählte mir, dass sie keine Kinder bekommen konnte. Nur deshalb hatten sie mich hergeholt, damit ich ihren Stammbaum weiterführte. Über Generationen sollte ihr Name weiterleben. *Meines Erachtens sollte ihr Name bis zum Ursprung der Generation ausgelöscht werden!*

»Hast du bereits deine Periode?«, fragte Leyla schüchtern. Während ich meinen Kopf senkte, antwortete ich zögernd und verlegen: *»Ja, warum fragst du?«*

»Da sie dich so hastig hergebracht haben, werden sie dich sicher bald in das Bett meines Mannes legen. Deine Blutungen bedeuten, dass du Kinder bekommen kannst und sie wollen Kinder von dir!«, offenbarte sie mir und ich

war geschockt. Das Wort Sexualität verstand ich nicht, denn ich wusste nicht, was es bedeutete. Ich begriff es erst, nachdem sie mir sagte, dass sie Kinder von mir haben wollten.

»Bitte hilf mir, bitte hilf mir zu entkommen«, flehte ich sie an. »Es ist ein Verbrechen, ich nenne ihn Onkel, er kam immer zum Wochenmarkt, um bei uns einzukaufen. Obwohl ich mir selbst gar nicht sicher bin, ob er es wirklich ist.«

»Kann nichts machen, er lässt mich nicht einmal zum Nachbarn gehen! Was kann ich tun? Ich bin ein Opfer meines eigenen Schicksals«, sagte Leyla bitter. Sie umarmte mich und fing an zu weinen.

Als ich fragte: *»Werden sie nur dann ein Kind bekommen, wenn ich Blutungen habe?«,* bekam ich etwas Hoffnung, denn sie antwortete: »Genau, nur dann.«

So bat ich sie, für mich zu lügen und ihnen zu sagen, dass ich meine Periode noch nicht erhalten hatte. So gewann ich Zeit.

»Ich hatte nie daran gedacht, so klein wie du bist, dass du so ein cleveres Köpfchen hast. Ich werde es versuchen«, versprach Leyla. »Du bleibst hier oben und ich gehe runter zu meiner Schwiegermutter. Ich werde ihr sagen, dass du noch keine Blutung hast und sie sollen warten, bis es so weit ist. Dadurch werden wir Zeit gewinnen, bis wir hier rauskommen.« Sie ließ mich alleine und ging.

Meine zukünftige Schwiegermutter und Leyla kamen zwei Minuten später hoch. »Hey, kleines Küken, deine Stiefmutter hat gesagt, dass du bereits deine Periode hattest!«, sagte die Füchsin barsch und stützt eine Hand auf ihrer Taille ab, als erwartete sie eine Erklärung. Ich senkte den Kopf und wisperte: »Nein, noch nicht.« In Wahrheit erinnerte ich mich sehr gut an diesen Moment.

»Oh, was ist mit uns passiert? Oh, mein Herr, wenn ich es gewusst hätte, hätte ich noch gewartet«, jammerte die Füchsin, setzte sich auf das Bett und fing an, ihre Knie vor lauter Verzweiflung zu schlagen. Ständig wiederholt sie: »Oh, mein Herr!«

Ich war Layla sehr dankbar! Zum Glück hatte sie mir von der Blutung erzählt. Ich hielt immer noch den Kopf gesenkt. Leyla stand im Zimmer und rieb sich die Hände, sie wusste, das die Füchsin noch etwas Verschlagenes vor hatte und sie behielt recht, schon sprach sie es aus: ***»Lassen wir sie das Wochenende in Ruhe, danach bringen wir sie zum Frauenarzt. Vielleicht kann er etwas tun, damit die Blutung früher einsetzt.«***

Wir waren erstaunt. Diese Frau war ein echtes Luder! Wie konnte eine Frau einem Mädchen, ihrem Mitmenschen so etwas Schlechtes antun? Gab es kein Gewissen, keine Barmherzigkeit oder Mitgefühl in ihr? Ich verstand nicht, wie eine Frau einer Frau gegenüber so grausam sein konnte?

Die Füchsin war wütend und herrschte uns an: »Kommt, alle haben Hunger. Sie brauchen nicht auf das Ende deiner Probleme zu warten. Geht nach unten und bereite die Mahlzeiten zu. Leyla, zeig ihr, wo alles steht.«

Alle Augen waren auf mich gerichtet, alle folgten mir mit ihrem Blick, von klein bis groß. Diesmal trug ich einen Schal über meinen Haaren und einen Shalwar. Ich war noch nie bedeckt gewesen. Ich ging drei Jahre bei einem Friseur arbeiten. Im Alter von zehn Jahren hatte ich angefangen. Ich musste meinen Verstand benutzen und alles tun, um diesen Mann loszuwerden. Das erforderte Geduld. Dank Leyla hatte ich ein paar Tage Zeit gewonnen, in denen ich einen Ausweg suchte und meine Flucht plante. Ich musste einen Ausweg finden. Weinen half nichts. Bei jedem Wort, was ich sagte, musste ich aufpassen. Einmal hatte ich das Gute unter dem Schlechten gewählt, Leyla. Vielen Dank! Sie hatte mir viel geholfen, obwohl sie sich dessen nicht bewusst war. Ich wünschte, ich könnte ihr auch helfen, aber ich war wie eine hilflose Motte.

Während ich mit Leyla die Mahlzeiten zubereitete, betraten die beiden anderen Frauen die Küche. *»Wie wir sehen, seid ihr bereits vereint, Leyla!,«* sagten sie bösartig. *»Wie kannst du sie sofort akzeptieren, obwohl sie vom ersten Tag an mit dem Hintern vor unseren Männern wedelt?«*

Leyla ärgerte sich über solche Worte. »Raus hier! Es ist nicht deine Angelegenheit. Geh und kümmer dich um deine eigenen Sachen«, schmiss Leyla sie raus. Obwohl die Küche für so viele Personen zu klein war, blieben sie trotzdem auf ihrem Platz sitzen.

»Ignoriere sie bitte. Lass die Worte nicht an dich heran«, bat Leyla mich verzweifelt und streichelte mir sanft über den Kopf. Die Frau mit ihrem unverschämten Schandmaul, der schlechten Moral und Mentalität sagte: »Okay, wir gehen raus. Nicht dein Mundwerk, sondern deine Hände sollen arbeiten, wir haben Hunger.«

»Mein Gott! Mein Gott!«, flehte sie den Herrn an und betete leise: *»Rette uns vor diesem Unglück und aus dieser Not.«* Um ruhig zu bleiben, sagte ich jedes Mal leise: *»Amin!«*.

Wir bereiteten das Mittagessen für fast 30 Personen vor. Die Töpfe waren riesig, wie für ein Hochzeitsessen. Später wurde mir klar, dass jede Mahlzeit so üppig ausfiel, es war nichts Besonderes. Mit der Zeit kamen immer mehr Menschen. Jeder wollte mich sehen, sie schauten mich von oben bis unten an. Tanten, Schwestern, Männer und alte Onkels, die erstaunt waren mich zu sehen, hielten sich den Mund mit den Händen zu. Ich fühlte mich sehr unwohl wie eine gejagte Gazelle. Ich war verzweifelt und angewidert von denen, die in die Küche gingen, nur um mich zu betrachten. Ich fühlte mich wie auf dem Sklavenmarkt.

Wenn ich eine Mutter hätte oder einen älteren Bruder, wäre mir nichts davon passiert?

Yasemin atmete immer wieder hörbar tief ein und aus. Schweigend schlug sie die Beine über kreuz, nahm den Aschenbecher und stellte ihn auf das Polster. Sie lehnte sich mit dem Rücken gegen den Sitz und beobachtete den weißen Rauch ihrer Zigarette. Sie tauchte tief auf ihre eigene Weise in ihre Gedanken ein.

In diesem Moment, war sie zurückversetzt in ihr Leben vor acht Jahren. Sie erlebte diese albtraumhafte Zeit gerade erneut. Ich sagte nichts, ich schwieg. Nach jedem Zug schaute sie den Qualm starr an, versunken in den Tiefen ihrer Seele. Ihr Körper war bei mir, ihr Geist in weiter Ferne. Von Zeit zu Zeit lag die Zigarette im Aschenbecher, dann streckte sie ihre Hände nach ihr aus und beobachtete sie. Es war, als würde sie sagen: »Was haben diese Hände gesehen? Was haben diese Hände ertragen? Was ist durch diese Hände gegangen?« Yasemin bemerkte ihr Schweigen nicht einmal. Sie sah die Szenen vor sich, die sie mir erzählte wie einen Film, wie ein Abspann ihrer Vergangenheit. Mittlerweile war es 00.45 Uhr und Yasemin war müde. Ihre Erzählungen waren nicht mehr fließend. Ihre Pausen nahmen zu. Aber sie wollte reden, sich befreien, indem sie um jeden Preis ihre Lebenssituation erklärte. Sie drückte ihre Zigarette aus und fuhr fort, wo sie aufgehört hatte.

Im Haus brach Jubel aus. Als ob es eine Hochzeit zu feiern gäbe. Es war voll. In jedem Zimmer befanden sich Menschen. Im Garten entzündeten die Frauen ein Feuer, sogar ein Lamm wurde aufgespießt und über dem Feuer gebraten. Ich wollte meinen Kopf nicht heben, wollte niemanden sehen oder erkennen. Ich vermied Augenkontakt mit dem Bösen. Mit Leyla zusammen konzetrierte ich mich aufs kochen.

Die Füchsin eilte hinein und schimpfte: »Für wen sollen diese Mahlzeiten ausreichen? Das Haus ist voller Menschen.« Sie schob Leyla und mich beiseite, dann tadelte sie uns:

»Bewegt eure Hände schneller.«

Es war bereits viel Essen zubereitet worden. Mindestens sechs bis sieben verschiedene Gerichte, dazu drehte draußen das Lamm über dem Feuer.

Was ich damals erlebt habe, war ein Albtraum. Meine Psyche litt, und diese Frau dachte, es wäre nichts passiert. Ich war erstaunt. Meine Gedanken galten meinem Vater. Er wusste nicht, dass ich hier war und meine Stiefmutter mich verkauft hatte. Während ich versuchte, ihn irgendwie zu erreichen, um hier so schnell wie möglich zu verschwinden, wurde ich aufgrund des Stresses unfähig, mich zu bewegen. Ich dachte immer: *»Wenn Leyla nicht einmal zum Nachbarn gehen kann, wie kann ich von hier wegkommen, bevor mir etwas passiert?«* Mit diesen pessimistischen und feigen Gedanken hätte ich mich nicht von dem ablenken sollen, was ich tun konnte. Ich musste eine Lösung finden und von dort ohne Schaden zu nehmen fliehen.

Alle waren im Haus versammelt. Nur der Mann, den ich heiraten sollte, war vermutlich nicht da. Vielleicht war er da und ich hatte ihn nicht gesehen? Denn ich stand immer noch in der Küche, um das Essen vorzubereiten. Die Frauen, die hereinkamen, um den Tisch zu decken, verursachten Chaos und Panik. Mit meinen Gedanken war ich bei Vater.

Es war ziemlich spät, alle hatte gegessen und die Tische wurden abgeräumt. Leyla und ich, konnten nicht einen Löffel zu uns nehmen. *»Okay, setzt euch und esst auch was«,* sagte niemand zu uns. Leyla war sehr niedergeschlagen, sie unterwarf sich allem. War das auch mein Schicksal? Sollte ich enden wie Leyla? Ich war verzweifelt, aber auch entschlossen. Nein, dies war nicht mein Schicksal.«

Die Menge zerstreute sich. Nur Familienmitglieder blieben im Haus zurück und gingen in ihre eigenen Wohnungen. Der Mann, der mir zugesprochen wurde, war immer noch nicht da. *Ich frage mich, ob ihm auch diese Situation aufgezwungen wurde? Wollte er zeigen, dass er Einwände hatte, indem er abwesend blieb?* Ich wusste nichts. Die ersten Schläge, Stöße, Erniedrigungen, die ich erhielt, hatten mich erschreckt und zum Zittern gebracht.

Yasemin, die sich wieder eine Zigarette anzündete, wollte gerade wieder in ihre Gedanken eintauchen, doch ich ließ sie nicht. »Du warst heute sehr stark und sehr energisch. Ich gratuliere dir! Es braucht viel Kraft und Zeit, um sich zu öffnen. Ich denke, wir sollten nicht übertreiben. Wir haben noch ein paar Tage Zeit zum Sprechen. Morgen müssen wir mit den Kindern zusammen aufstehen. Lass uns unsere letzte Zigarette rauchen und ins Bett gehen. Was sagst du dazu?« fragte ich, mit fast halb geschlossenen Augen.

»Das ist eine sehr gute Idee, ich bin ziemlich müde«, gestand sie. Erleichtert erhob sie sich und sagte: »Es hat gut getan mit dir zu sprechen und mein Herz auszuschütten. Ich habe jahrelang nicht über diese Themen geredet. Ich habe es immer verdrängt, alles in mich hineingefressen. Jetzt fühle ich mich frei wie ein Vogel.«

Ich war sehr glücklich sie so zu sehen. Aber auch ziemlich müde, denn ich war nicht daran gewöhnt, nachts so lange aufzubleiben. Dank des Adrenalins stand ich zu dieser späten Stunde noch aufrecht.

Wir waren beide bettfertig und ich schlief sofort ein, nachdem ich mich hingelegt hatte. Am Morgen bereiteten die Kinder uns den Frühstückstisch vor. Mein Bruder erlebte eine ähnliche Kindheit wie die Geschwister. Auch er wurde mit den Händen seiner älteren Schwester großgezogen. Deshalb gab es eine außergewöhnliche Verbindung zwischen den dreien, trotz Altersunterschied.

Yasemin wachte glücklich auf. Ihre fröhliche Stimmung überraschte und begeisterte uns. Als Yasemin die Küche betrat, freute sie sich über das Frühstück und meinte: »Oh, ich fühle mich zwanzig Kilo leichter, guten Morgen!« Wir führten ein nettes Gespräch, dabei tauchte Yasemin mit einem leichten Lächeln wieder in die Traumwelt ein. Dann hielt sie plötzlich meinen Arm mit ihrer Hand fest. »Du hast die Gabe zu schreiben.

Wenn ich deine Songtexte und Gedichte lese, berühren sie mein Herz. Was sagst du, würdest du mein Leben aufschreiben?«, fragte sie mich.

Aufgeregt und voller Hoffnung wartete sie auf meine Antwort. Ihre Augen leuchteten, wie konnte ich ihr etwas abschlagen? Ich schenkte ihr ein kleines Lächeln und erwiderte: »Wenn du es willst, schreibe ich deine Lebensgeschichte gerne auf.«

»Hurra!«, brüllte Yasemin, die von ihrem Platz aufsprang und vor Freude tanzte. Sie drückte mich an sich und küsste mir während dem Tanzen auf den Kopf. Ihre Freude war ansteckend, die Kinder standen auf und tanzten begeistert mit. Es war das erste Mal, dass ich sie glücklich und enthusiastisch sah. Es war ein sehr gutes Gefühl von Glück, dass sich Yasemin und ihre Geschwister seit ihrer Kindheit verdient hatten. Nach dem Gefühlsausbruch stellte sie die Musik leiser, dann setzte sie sich an den Tisch. Sie versuchte ihre Begeisterung zu unterdrücken, indem sie sagte: »Meine Emotion hatte ich nicht im Griff, es tat aber gut.«

Während wir gemeinsam nach dem Essen den Tisch abdeckten, erkundigte sie sich: »Aber wie machen wir das? Du würdest meinen Namen nicht erwähnen, oder? Wir finden einen anderen Namen für mich und meine Geschwister. Ich werde zum ersten Mal die Hauptdarstellerin meines Lebens sein.«

»Yasemin, es ist nicht so einfach wie du denkst. Natürlich möchte ich gerne deine Lebensgeschichte verfassen, aber das hat auch rechtliche Aspekte, die wir bedenken müssen.

Die Person, die mir erlaubt, ihr Leben aufzuschreiben, muss nicht nur ihr wirkliches Leben enthüllen, sondern es auch notariell beglaubigen. Da es öffentlich ist, muss nachgewiesen werden, warum ihr Name geändert wurde.« Sofort brachte Yasemin ihre Akten, die sie schon für das Projekt vorbereitet hatte, zu mir. »Schau, ich habe Beweise, meine Geschwister und ich können unseren Namen zu unserer eigenen Sicherheit ändern.«

»Ich habe deine Geschichte miterlebt, ich habe gesehen, was es zu sehen gab. Du musst mir diese Beweise nicht zeigen. Wir müssen sie rechtlich präsentieren«, erklärte ich ihr.

Yasemin war sehr eifrig. Ich habe auch die negativen Seiten nicht gesehen, aber warum sollten wir uns jetzt unnötige Kopfschmerzen machen. Wenn wir es von Anfang an richtig angingen, gab es keinen Ärger?

Dass Yasemin eine Buchliebhaberin war, sah man in der ganzen Wohnung. Überall standen Bücher auf der Fensterbank, in den Regalen, einfach im ganzen Haus verteilt. Sie war so verliebt in das Lesen. Sie schien die Bücher beim Lesen zu verschlingen. Das beste Geschenk für sie war ein Buch.

»Es ist Freitag! Unser Urlaub geht bald zu Ende. Wer weiß, wann wir wieder zusammenkommen können? Was sagst du? Gehen wir zum Notar? Lassen wir uns unser Buchprojekt notariell beglaubigen?«, wiederholte sie immer wieder erfreut ihre Fragen.

Ihre Augen strahlten Hoffnung aus. Sie wollte ihr Leben, dass voller Schmerz war anderen erzählen und der Welt verkünden. »Natürlich du hast gut gedacht, warum nicht. Lass uns unser Buchprojekt nicht auf ein andermal verschieben. Unser Urlaub ist die beste Gelegenheit. Wer weiß, wann wir uns wieder treffen können?«, stimmte ich ihr zu.

Sie war glücklich ... Sie war sehr glücklich ..., ich auch, da ich dasselbe Glück genoss wie sie. Yasemin strahlte in diesem Moment in jeder Hinsicht Hoffnung aus. So vereinbarten wir noch für denselben Tag einen Termin über das Internet beim nächsten Notar und erhielten unsere erste Genehmigung.

Wieder zu Hause fiel Yasemin ein: »Ich habe etwas vergessen zu kaufen. Wer will mit mir kommen?« So ging sie mit meinem Bruder Murat und ihrem Bruder Suat einkaufen.

Bis sie zurückkamen, konnte ich etwas Zeit mit ihrer Schwester Kiraz verbringen. In der Küche nahm sie die Zutaten für den Hefeteig heraus und fügte sie einzeln in eine Schüssel. Ich war überrascht, als ich sah, dass sie das alleine konnte. »Was machst du mit diesen Zutaten?«, fragte ich neugierig. »Ich werde den Teig kneten, ihn gehen lassen, bis er fermentiert. Ich möchte heute ein Gebäck machen«, antwortete sie. Ich fing vor Überraschung an zu lachen. Unglaublich! Für ihr Alter war sie großartig darin, Antworten zu geben. Jeder würde meine Überraschung verstehen, wenn er sehen könnte, wie sie in die Küche geht, die Zutaten herausnimmt, sie einzeln in die Schüssel gibt und den Teig mit ihren winzigen Händen knetet.

Mir gegenüber stand ein 8-jähriges Mädchen. Sie war sehr reif für ihr Alter. Der Name dieses kleinen Mädchens ist Kiraz. Jetzt frage ich Euch: »Wer von Ihnen in Deutschland kennt ein acht jähriges Mädchen wie Kiraz, dass selbstständig einen Hefeteig kneten kann? Mit ihren winzigen Händen ließ sie keine Zutaten aus und formte einen perfekten, schönen Teig? Haben Sie eine acht Jährige gesehen, die das selbstständig fertigbekommt? Das glaub ich nicht! Einerseits möchte ich, dass Sie es sehen, andererseits nicht. Es ist ein Bild, das Sie dazu bringen wird, „hervorragend" zu sagen, aber gleichzeitig ist es ein Bild der schmerzhaften Realitäten des Lebens. Jeder lebt sein eigenes Schicksal. Sie war ein kleines Mädchen, das den Teig mit ihren winzigen Händen knetete. Obwohl ich ihr angeboten hatte, ihr unter die Arme zu greifen, war ich erstaunt, dass sie sagte: »Nein, du kannst dich setzen, ich koche Kaffee für dich, du kannst dich ausruhen.«

Kiraz konnte kein Kind sein, zumindest bis zu diesem Tag hatte sie keine Kindheit erlebt und war aufgrund der Umstände dazu gezwungen das Leben zu meistern.

Während Kiraz noch den Teig knetete, machte ich heißen Kakao für sie und einen Kaffee für mich. Als sie den Teig zudeckte, erklärte sie: »Er wird in einer Stunde fermentiert sein, dann können wir ihn backen.« Wieder brachte sie mich mit diesem Satz zum Lachen, aber diesmal schloss sie sich mir an.

Sie war in der Schule ziemlich erfolgreich, sie war ein kluges, intelligentes und anständiges Mädchen, das es liebte zu lesen.

Wir tranken gerade unseren Kaffee und Kakao, als die anderen nach Hause kamen. Yasemin stand mit einer Tasche in der Hand vor mir und sagte: »Ich hoffe, mein Geschenk gefällt dir? Nimm es bitte an!« Plötzlich war ich sehr aufgeregt und nahm die Tasche an, die sie mir reichte. Yasemin hatte ein Geschenk für mich.

»Sei nicht schüchtern ... Bitte mach auf, ich hoffe, das ist der erste Schritt zu deinem erfolgreichen Buchprojekt«, sagte sie.

Mein Herz schlug schneller, meine Hände zitterten und ich öffnete aufgeregt die Packung. Yasemins Geschenk war ein Tonbandgerät, mit zehn kleinen Kassetten. Ich umarmte Yasemin dankend mit leuchtenden Augen. Die Überraschung war ihr wirklich gelungen.

»Ich dachte, es wäre auf diese Weise einfacher. Wir werden von da an aufnehmen, wo wir letzte Nacht aufgehört haben. Was sagst du?«, fragte sie mich. Das war eine blöde Frage, natürlich fand ich die Idee großartig.

Yasemin war wie eine Blume, die kurz vor dem Verdorren stand. Sie hatten es nicht geschafft ihre Wurzel zu entreissen. Yasemin lehnte sich auf, verschaffte sich Gehör. Sie leistete Widerstand, schrie mit jeder Faser ihres Körpers: »Dies ist nicht mein Schicksal, dies ist nicht mein Schicksal, ich wurde zum Opfer! Warum soll ich mich nicht auflehnen und Einwände erheben?« Gut gemacht, Yasemin ...

Yasemin Schrei war nur einer von Tausenden. Eine Figur, die ihrer Stimme Gehör verschaffen wollte. Für ihre Sicherheit verwendete sie ein Pseudonym. Sie wollte richtig leben, sie und ihre Geschwister. Vielleicht werden diejenigen mit der gleichen Mentalität aufwachen. Vielleicht gewinnen diejenigen, die ein Opfer sind mit ihrer Geschichte an Stärke. Yasemin hatte mir mehr zu erzählen, als ich vermutet hatte. Mit ihrer Lebensgeschichte füllte sie ein Band nach dem anderen. Sie erzählte, als würde Sie einen Brief schreiben. »Ich habe dir noch nicht einmal ein Achtel von dem erzählt, was ich durchgemacht habe«, sagte alles. Sie war jetzt bereit zu sprechen. Yasemin versuchte mit Reden aus ihrem Albtraum zu entfliehen.

»Sollen wir heute Mittag unsere anderen Pläne verwerfen und in den Park gehen, damit die Kinder Spaß haben? Deine Geschwister konnten keine Kinder sein. Während du arbeitest, kümmern sie sich um die Hausarbeit, kochen sogar. Wenn nötig, gehen sie auch einkaufen. Du bist 21 Jahre alt und der Mann des Hauses geworden. Lass uns heute alle Kinder sein, lass uns unsere Kindheit leben, die wir nicht gelebt haben, die wir leider keinen Tag leben durften«, bat ich sie.

Yasemin sah mein verwirrtes Gesicht an. »Du hast recht«, stimmte sie mir zu. In ihren jungen Jahren hatte sie drei Jobs, um ihren Lebensunterhalt finanzieren zu können. Auf ihren Schultern trug sie eine schwere Last. Ihre Geschwister bemühten sich, sie so gut wie möglich zu unterstützen und dafür war sie sehr dankbar.

Die kleine Kiraz kam zu uns und informierte uns: »Mein Teig ist bereits fermentiert. Es braucht nicht viel Zeit die Füllung vorzubereiten und das Gebäck fertigzustellen.« Wir ließen Kiraz nicht allein in der Küche und begannen mit unseren Vorbereitungen. Als wir fertig waren, besuchten wir den Park, der eine herrliche Aussicht bot. Es gab schöne Gehwege und am Fluss entlang kleine Einkaufsläden, Boutiquen, Restaurants und Cafeterias. Es gab sogar einen kleinen Strand. Die Kinder nahmen ihre Badesachen mit. Wir ließen uns an einem geeigneten Ort nieder und bereiteten das Picknick mit Früchten, Gebäck, Salaten und Getränken vor. Es fanden kurze, süße Gespräche zwischen uns statt. Die Mauern zwischen Yasemin und uns waren eingerissen. Von Zeit zu Zeit lächelte sie sogar über ihre schmerzhaften Erinnerungen, als würde sie die vor uns liegenden Barrieren beseitigen.

Nachdem wir fast vier Stunden im Park verbracht hatten, machten wir uns auf den Weg nach Hause. Alle fühlten sich wohler und ruhiger als am Vortag. Ein Hauch von Glück und Freude wehte um uns herum. Yasemin hielt es nicht mehr aus, daher sprach sie mich an: »Ich habe mit meinen Geschwistern gesprochen, sie werden uns ein wenig Ruhe gönnen. Was sagst du, lass uns unsere erste Aufnahme beginnen?«

»Wenn du willst, natürlich!«, stimmte ich ihr zu. Natürlich wollte ich, aber sie nicht zwingen. Ich gab ihr Zeit zum Atmen. »Ich bin bereit, ich höre dir gerne zu, wir können anfangen«, bot ich an.

Im Laufe der Jahre war Yasemin einen sozialen Druck ausgesetzt, der sich negativ auf sie auswirkte. Viele von uns sind Opfer dieser Unterdrückung. Selbst wenn Sie Ihr Leben nach freien Wille führte, gab es diesen Druck, ein kleines Beispiel war: »Was sagt oder denkt ein Fremder oder Nachbar über mich?« Die Entscheidungen unserer Mitmenschen leiteten unser Privatleben. Yasemin wurde Opfer vom diesem sozialen Druck, weil sie keine Entscheidungen über ihr eigenes Leben treffen durfte.

Obwohl das Wetter gut war, konnte Yasemin nicht auf dem Balkon sitzen und sprechen, da sie immer noch unter dem Einfluss des Drucks litt. »Was ist, wenn meine Nachbarn hören, wovon ich spreche? Was werden sie von mir denken? Ich habe keine Schuld daran, was mir zugestoßen ist«, dachte sie laut.

»Es ist leicht zu sagen, dass jeder sein eigenes Schicksal in der Hand hat, aber schwer in die Tat umzusetzen. Du darfst die Gedanken nicht zulassen, sonst wirst du immer ein Opfer sozialer Unterdrückung sein. Lass dich nicht von jemandem zu etwas zwingen, das du nicht willst. Niemand sagt dir, dass du unbedingt auf dem Balkon reden sollst. Du entscheidest alles für dich selbst. Niemand hat das Recht, Entscheidungen über deine Privatsphäre zu treffen. Bitte beachte dies während deines gesamten Lebens. Du hast Geschwister, du kümmerst dich seit Jahren um sie. Niemand kommt zu dir und fragt, wie du zurechtkommst. Du bist jetzt dein eigener Herr. Kümmere dich um deine Geschwister und ihre Freiheit wie um deine. Keine Einschränkungen mehr, ihr seid keine Opfer der sozialen Unterdrückung mehr«, sprach ich Yasemin Mut zu.

Yasemin unterbrach mich nicht und hörte mir von Anfang bis Ende zu. »Du hast recht ... Ich werde es meinen Geschwistern genauso beibringen, aber was mich betrifft, ist es ein bisschen schwierig, sich daran zu halten. Ich hoffe, ich werde dieses Gefühl und diese Situation schnell überwinden können«, beichtete sie mir. Dies galt nicht nur für Yasemin, sondern für Tausende Menschen wie sie. Ich hatte ein universelles und soziales Problem zum Ausdruck gebracht. Es war auch keine Lüge ...

Der Tee war fertig, unsere Haselnüsse und Erdnüsse lagen zusammen mit dem Tonbandgerät auf dem Tisch. Yasemin wartete gespannt auf unser Gespräch. Ihre Aufregung spürte ich am ganzen Körper. Sie war meine Heldin. Nachdem Yasemin die ersten Versuche durchgeführt und gelöscht hatte, sagte sie: »Wir können jetzt anfangen.«

Eine Frau, die gewaltsam berührt wurde,

kann nicht zum Schweigen gebracht werden!

KAPITEL 10

Die Menge war verstreut, nur Familienmitglie der blieben zu Hause. Sie räumten auf und machten sich dann fürs Bett fertig. Ich weinte wieder und dachte an meinen Vater. Was hatten sie ihm erzählt? Leyla sagte verzweifelt: *»Dein Vater wusste nicht, dass du hierhergebracht wurdest.«* Was wird er jetzt denken, wo ich bin? Dieser Gedanke machte mich sehr traurig. Ich möchte hinzufügen und unterstreichen, ich kannte ihre Namen nicht, die Ehre wurde ihnen nicht zuteil, sie waren böse. Die Schwiegermutter von Leyla nannte ich Füchsin obwohl sie nach einer gewissen Zeit auch meine Schwiegermutter wurde. Eine Mutter kann nicht streng und grausam sein, sie sollte es nicht sein! Jetzt wissen Sie, warum ich sie nicht Schwiegermutter nennen konnte.

»Mach dir keine Sorgen, ich werde dich so gut ich kann beschützen«, beschwichtigte Leyla mich. Es war eine Erleichterung für mich, ich habe ihr vertraut.

»Ferhat hätte eigentlich schon hier sein sollen. Wenn er kommt, werden wir ihm alles erzählen. *Vielleicht ist er genauso ein Opfer wie wir.* Wir wissen es nicht, wir werden beide mit ihm reden, wenn er kommt«, versprach sie mir. Der Name des Mannes, den ich als Onkel ansprach, war Ferhat. Es war das erste Mal, dass ich seinen Namen erfuhr. War das nicht seltsam? Es ging auf 01.00 Uhr nachts zu. Ich war erschöpft, sehr müde, aber sie wollten mich immer noch nicht gehen lassen.

Vor der Eingangstür des Gartens, ließ uns ein lautes Geräusch aufschrecken. Ich bekam Angst und versteckte mich hinter Leyla. Sie hielt mich fest, als würde sie mich mit einer

Hand beschützen. Das laute Geräusch blieb eine Weile. Diesmal hallte die Stimme eines Mannes, der plötzlich anfing zu brüllen und gleichzeitig zu lachen, im ganzen Haus wider. Familienmitglieder, die in ihre Wohnungen gegangen waren, kamen zu uns zurück. Alle fragten dasselbe: *»Was ist da los?«* Die Männer gingen raus, um nachzuschauen.

Es war Onkel Ferhat, der betrunken nach Hause kam. Ich war sehr erschrocken. Es war das erste Mal, dass ich einen Betrunkenen sah. Er stank von dem Getränk, ich war angewidert. *Warum betrank man sich, bis man den Verstand verlor?*

Ich beobachtete die schreckliche Szene immer noch aus der Ferne, wobei ich hinter Leyla versteckt blieb. Leyla war ebenfalls sehr besorgt, sie verfiel regelrecht in Panik und klagte alle an: »Ihr habt das Feuer in meiner Familie angezündet.« Weinend rannte sie zu ihrer Wohnung in die obere Etage und ich stand alleine da. Sollte ich Leyla nachjagen? Ich hatte große Angst, beobachtete, mit geweiteten Augen und zitterndem Körper, was als Nächstes passierte. Sie schlugen mich erneut, dabei war ich ohne Schuld. Plötzlich schrie mich diese Füchsin an: *»Was stehst du da, beeil dich! Du hast vom ersten Tag an schon solche Probleme gebracht.«*

Ich war überrascht. War ich es, der ihnen diese Schwierigkeiten brachte? Ich war nicht freiwillig gekommen. Meine Stiefmutter hatte mich verkauft. Ich war damals 13 Jahre alt, ein Kind. Ich trug viel Verantwortung, arbeitete, kümmerte mich von morgens bis abends ums Hause und um meine Geschwister, machte das Essen, arbeitete in den Feldern oder Gärten, verkaufte auf dem Markt unsere Waren und schufftete obendrein im Friseurladen ... Aber ich war immer noch ein Kind.

Ich war nicht verantwortlich für diesen Albtraum ...

Halb nervös, halb wütend, müde und erschöpft stand ich im Raum ohne Einwände zu erheben. Plötzlich kam Leyla weinend zurück, packte mich am Arm und sagte: *»Du kommst mit mir, ich kann dich nicht bei ihnen lassen.«*

Leyla ließ mich in der Nacht nicht los. Ihr Schwiegervater, ihre Schwiegermutter und meine Schwägerinnen kamen in die Wohnung. Sie schlugen Leyla sehr schlimm, weil sie mich beschützte. Während ich versuchte, sie mit meinem winzigen Körper abzuschirmen, wurde ich auch geschlagen. »Es ist alles wegen dir passiert, was auch immer mit uns passiert ist, ist wegen dir geschehen. Wir werden wegen dir aussterben und die Generation nicht weiterführen können«, klagten sie Leyla an, dabei schlugen sie immer weiter auf sie ein. Leyla wehrte sich nicht, sie hatte keine Schuld. *Warum war diese Familie so?*

Diese Gewalt kannte ich nicht, nie wurde ich von meiner Mutter oder von meinem Vater geschlagen. Erst als meine Stiefmutter ins Haus kam, fingen die Schläge an. Sie schubste, erniedrigte mich und warf mir die schlimmsten Worte an den Kopf, die manchmal schmerzhafter waren als die blauen Flecken, Stöße und Zerrungen. Gewalttätige Menschen waren schwach, charakterlos und hatten eine kranke Psyche. Ich hasste sie alle.

Die arme Leyla wurde grün und blau geschlagen. Die beiden Schwägerinnen waren ebenfalls anwesend und schauten ohne Emotionen zu zeigen zu, was mit Leyla geschah. *Was für ein Gewissen und eine Menschlichkeit trugen sie in sich?* Ich hatte bis heute Schwierigkeiten es zu verstehen!

In diesem Moment betrat im betrunkenen Zustand Onkel Ferhat die Wohnung, er schaukelte bedrohlich. »Hallo! Wer schlägt hier in meiner Wohnung meine Frau?«, brüllte er und griff die anderen an. Ich wiederhole den Namen, es war Ferhat... Der Onkel jagte sie alle aus seiner Wohnung und wir blieben zu dritt zurück. Ich war schüchtern und suchte nach einem Ort, an dem ich mich verstecken konnte. Sie waren beide in einem sehr schlechten Zustand. Leyla blutete aus der Nase und ihre Lippen waren aufgeplatzt. Onkel Ferhat war betrunken und fiel samt Kleider ins Bett. Vielleicht war er nicht er selbst, weil er getrunken hatte, aber als er Leyla vor den Schlägern rettete, dachte ich, er sei eine mitfühlende und gewissenhafte Person.

Ich musste Leyla helfen, aber ich war zu schüchtern. Sie stand langsam vom Boden auf und setzte sich weinend auf ihr Bett. Mit den Händen bedeckte sie ihr Gesicht. Ich machte Leyla auf mich aufmerksam, machte ihr Zeichen, dass sie zu mir kommen sollte. Es fiel ihr sehr schwer aufzustehen. Ich ging schnell zu ihr hinüber, nahm ihren Arm, um sie zu stützen, dann stolperten wir zusammen auf die Toilette. Leyla weinte immer noch und ich wusch ihr das Gesicht.

In welche Lage haben diese Menschen, die schöne Leyla gebracht? Während ich sie alle verfluchte, drehte sie sich plötzlich zu mir um. »Fluche nicht! Gott hört alles! Fluche nicht, es passt nicht zu deinem unschuldigen Mund. Gewöhne es dir in so jungen Jahren nicht an«, ermahnte sie mich.

Seit diesem Tage an, hatte ich bis heute nie mehr geflucht. Leyla, die immer zuerst an mich dachte, brachte mich in einen leeren Raum. »Komm schon, schlaf heute Nacht hier. Nimm die Schlüssel. Bitte, schließe deine Türe nachts ab. Wir sollten unsere Vorsichtsmaßnahmen treffen«, sagte sie. Ich dankte Leyla und schloss die Tür von innen ab. In diesem Moment fühlte ich mich sicher, obwohl ich immer noch Angst hatte. Aber in der Lage zu sein, diese Tür abzuschließen, gab mir Sicherheit und Geborgenheit.

Erschöpft legte ich mich hin und bemühte mich, meine Augen offen zu halten. Nur für den Fall, dass jemand vor der Tür erschien und versuchte durch einen Ersatzschlüssel hineinzukommen. Ich bemühte mich wirklich. Wenn ich nicht schlief, würde ich morgen nicht bei Kräften sein. Wer wusste schon, was mich erwartete? Heute war ich bei Leyla, die mich beschützte. Was war mit Morgen? So dauerte es nicht lange, bis ich einschlief.

Die Moschee war ganz in der Nähe von hier. Der Ruf des Imams zum Gebet weckte mich. Ich hatte nicht viel geschlafen, aber es war besser als überhaupt nicht. So stand ich von meinem Schlafplatz auf und setzte mich auf das Sofa. Als ich mich bewegte, schmerzte mein ganzer Körper von den Schlägen, gestern hatte ich sie vor Aufregung gar nicht gemerkt.

In der Küche hörte ich Töpfe und Löffel klappern. Eine Person ging hin und her. Ich musste dringend auf die Toilette, wenn ich vorbei huschte, würde man mich bemerken. Es konnte nur Leyla sein. Schweigend ging ich ins Bad, wusch mir meine Hände und mein Gesicht, dass von meiner Not gezeichnet war. Als ich fertig war trat ich hinaus und erschrak, Onkel Ferhat stand vor mir. Ich hatte Angst, hatte nicht mit ihm gerechnet. Er schaut mich an und forderte mich auf: »Komm, setz dich an den Tisch, lass uns ein wenig reden.«

Wacklig und voller Furcht folgte ich ihm, meine Stimme zitterte, ich konnte nur stammeln: »Nun mm ... Nun ...« Wo war Leyla? Sie hätte bei uns sein müssen.

»Wird es keine Geheimnisse zwischen uns beiden geben?«, brummte er mit einem schmutzigen Grinsen.

Was passierte jetzt? Meine Angst wuchs. »Ich gehe in das Zimmer zurück. Lass uns später reden, Onkel Ferhat«, piepste ich, doch er packte mich grob am Arm. »Wir werden jetzt reden!«, befahl er.

Obwohl er meine Furcht bemerkte, verhielt er sich weiterhin so herrisch. *Diese Familie hat keinen gesunden Menschenverstand,* dachte ich und fing an zu weinen.

Onkel Ferhat herrschte mich an: »Ich kann das Geheule nicht ertragen, hör auf.« Weil ich ihn Onkel genannt hatte, griff er mir zornig unter mein Kinn. Mit seinen großen Händen zog er mich zu sich und sagte mir ins Gesicht: »Ich bin nicht dein Onkel, du bist meine Frau, akzeptiere das, gewöhn dich an die Situation.«

Die vielversprechenden Worte von Leyla ließen mich denken, dass ich von hier fliehen konnte. So in Gedanken merkte ich nicht die Anwesenheit eines wilden Tieres anstelle eines Menschen. »Setz dich jetzt hin!«, gab Onkel Ferhat entschlossen und hart Anweisungen. Um keine weiteren Probleme zu machen, gehorchte ich ihm. Aber ich hörte nicht auf zu weinen. »Hör auf zu weinen, jetzt ist nicht die Zeit«, wiederholte er sich immer wieder, doch meine Tränen flossen einfach über mein Gesicht. Ich konnte sie nicht zurückhalten.

Aus dem Augenwinkel und mit gesenktem Kopf beobachtete ich ihn. Er war immer noch nicht nüchtern. Wie konnte ich wissen, dass er bis zum Morgen trank! Onkel Ferhat trank sogar noch am Frühstückstisch weiter. Er stellte die Flasche auf den Tisch und füllte sein Glas halb mit Alkohol und halb mit Wasser. Heute weiß ich, dass dieses Getränk Raki war. Er stand auf, holte ein zweites Glas aus dem Regal über der Küchentheke, stellte es vor mich hin und schüttete es voll.

»Trink, du wirst lockerer. Deine Angst wird verschwinden und deine Aufregung wird nachlassen. Lass uns gemütlich reden«, forderte er mich auf.

Energisch protestierte ich: »Nein, ich trinke keinen Alkohol, ich will nicht trinken.« Obwohl ich entsetzt war, schüttete er weiter ein. Wiederholt sagte er: »Trink!« Wie oft habe ich gesagt, dass ich nicht trinken will, aber vergebens. Ich fing an zu weinen, weil ich nach Hause wollte. »Bring mich wieder nach Hause«, flehte ich. »Was hast du meinem Vater erzählt? Mein Vater weiß nicht, dass ich hier bin. Er wird sich fragen, wo ich bin?«

Meine Stimme wurde immer lauter, denn ich spürte die Gefahr. Mein Ziel war es, den Haushalt aufzuwecken. Ich dachte, es würde etwas Gutes bewirken, wenn ich lauter wurde. »Nicht schreien! Nicht schreien!«, brüllte er mich an und versuchte mich zum Schweigen zu bringen. Unter Tränen wurde meine Stimme noch lauter, ich wollte Leyla wecken.

Kurze Zeit später kam Leyla in Eile aus ihrem Zimmer gelaufen. »Was ist hier los?«, fragte sie aufgebracht. »Ferhat, fass das Mädchen bitte nicht an. Sie ist nur ein Kind. Du bist betrunken. Du wirst es bereuen, wenn du wieder nüchtern bist. Du wirst nicht in der Lage sein, dich selbst im Spiegel anzusehen. Du wirst dich schämen, was du getan hast.«

»Hör auf zu reden, geh in dein Zimmer. Woher weißt du, wie ich mich fühlen werde? Mach die Tür zu, störe mich nicht«, blaffte er sie an. Tatsächlich ging sie in ihr Zimmer ohne weitere Einwände zu erheben, sie war feige und verschüchtert.

Erneut füllte Onkel Ferhat sein Glas und trank es in einem Zug aus, dann schaute er mich mit kleinen Augen an. Er trat hinter mich, legte seine Hände auf meine Schultern und fing an, mich zu streicheln. Ich war angewidert und schob seine Hände weg. Ich versuchte von meinem Platz aufzustehen.

Aber er drückte mich runter.

»Okay, lass uns reden, worüber immer du reden willst, Onkel Ferhat! Aber bitte, fass mich nicht an, sei nicht schlecht zu mir«, flehte ich ihn weinend an.

»Schau, wir verstehen uns«, sagte er mit einem leichten hinterhältigen Lächeln. Er setzte sich wieder, packte meinen Stuhl an den Füßen und zog ihn zu sich heran. »Hab keine Angst! Es gibt keinen Grund, wir unterhalten uns einfach«, beschwichtigte er mich. Langsam begann er mein Gesicht zu streicheln. Ich drehte mich weg, ich wollte das nicht. Er nahm das volle Glas, mit beiden Händen und setzte es an meine Lippen. Meine verzweifelten Blicke waren ihm egal. »Du wirst das bis zum letzten Tropfen trinken und dich danach viel wohler fühlen«, versprach er mir. Dann zog er mich an den Haaren zu sich … Obwohl ich mich dagegen wehrte, zwang er mich hartnäckig zu trinken.

Er trank immer weiter, aus Leylas Zimmer hörte ich sie weinen, sie hatte Angst und traute sich nicht zu mir zu kommen. Der Mann hob mich einfach hoch und brachte mich zur Küchentheke. Er stand hinter mir und begann mit seinen Händen meinen Körper zu erforschen. Ich konnte seinen Atem an meinem Hals spüren. Je mehr ich kämpfte und protestierte, desto heftiger wurde er. »Du zwingst mich Dinge zu tun, die ich nicht will, ich will dir nicht wehtun«, raunte er heiser. Allerdings wollte ich diesen Moment nicht erleben, ich wollte nicht... Verdammt, ich wollte nicht …!

Während Yasemin dies erzählte, ertrank sie fast in ihren Trä-nen. Ihr Schluchzen wurde immer lauter ... Sie konnte ihre Tränen nicht kontrollieren.

Damit ich stillhielt, nahm er ein Tuch, welches auf der The-ke lag. Er war immer noch hinter mir, er drückte mich fest gegen die Theke, dass ich mich nicht bewegen konnte. Er band meine Hände hinter meinem Rücken zusammen, dann meine Füße. Ich kämpfte, während er mich festband, ich drückte ge-gen seine Hände, dabei schrie ich. Um mich zum Schweigen zu bringen, hielt er mir den Mund zu. »Nicht schreien! Ich tue dir weh, weil du mir keine Wahl lässt, aber wenn du dich lockerst, wärst du vielleicht nicht einmal in dieser Situation«, redete er mir ein.

Mit gefesselten Füßen und Händen stand ich immer noch in der Küche. Er drehte mein tränenüberströmtes Gesicht zu sich. Ich war ein Opfer, ich war ein Kind. Mein Vater konnte nicht eingreifen ... Weil er nicht einmal wusste, wo ich war.

Er holte das Glas vom Tisch. »Ich werde dich zwingen, das zu trinken. Für deinen Seelenfrieden, weil ich an dich denke, möchte ich dir keinen Schaden zufügen, ich möchte dich nicht verletzen«, log er. Das Glas stellte er auf die Theke, dann wan-derten seine Hände über mein Gesicht und meinen Körper.

Ich konnte mich nicht bewegen. Dieser große Mann drückte meinen winzigen Körper gegen die Theke. Ich spürte wieder seinen Atem in meinem Nacken, versuchte ständig, ihn mit meinem Kopf wegzuschieben. Verbissen kämpfte ich, um es zu verhindern. Aber es war zwecklos. Alles war sinnlos. Ich weinte die ganze Zeit.

In diesem Moment war ich in einer schlimmen Situation, dass ich nicht an Leyla denken konnte. In meinen sehr jungen Jahren kämpfte ich mit meinem eigenen Schicksal. An den Haaren zog er mich zurück und presste seinen ganzen Körper gegen mich. Er hielt das Glas an meinen Mund. Sein widerlicher Blick war auf mich gerichtet. »Du wirst das trinken, ich werde es jetzt für dich einschenken. Wenn du es trinkst, wirst du keinen Schmerz fühlen«, redete er auf mich ein.

»Tu es nicht, lass es sein, tu es nicht, Onkel Ferhat«, bettelte ich.

»Wenn du willst, dass ich aufhöre, trink«, blieb er hart.

Zornig hielt er das Glas an meinen Mund. Er zog mich an den Haaren zu sich und zwang mich zu schlucken. Dann trank ich immer wieder und immer mehr.

»Hast du gesehen, ich habe nichts getan, was du nicht wolltest, während du getrunken hast?«, sagte er. Dann schenkte er noch ein Glas ein und brachte es mir. Er kümmerte sich nicht darum, dass ich bettelte und weinte. »Weißt du eigentlich, wie schön wir miteinander auskommen würden, wenn du nicht so stur wärst«, warf er mir vor und ließ mich das zweite Glas leer trinken. Mir wurde schwindelig, ich fühlte mich sehr schlecht. Ich wollte nicht noch mehr trinken. Der Alkohol hatte einen sehr schlechten Einfluss auf meinen Kinderkörper. Nachdem das zweite Glas leer war, nahm er mich auf seinen Schoß. »Geht es dir gut? Du bist sauer. Ich habe dir gesagt, du würdest dich entspannen«, meinte er. Ein gefülltes drittes Glas stand auf dem Tisch. Ich weinte hilflos.

Nach einem großen Schluck legte er seine Hände wieder auf meine Schultern und begann mich zu streicheln. Ich konnte wegen der Wirkung des Getränks nicht eingreifen, aber ich bekam alles bewusst mit.

Plötzlich öffnete Leyla weinend ihre Zimmertür, sie kam nicht näher, da sie zu feige war. »Fass das Mädchen nicht an, du bist betrunken. Mach nichts, was du später bereuen wirst, bitte. Sie hat keine Schuld, sie ist noch ein Kind«, wimmerte sie voller Angst. Dieses wilde Tier, das seine Hände von meinen Schultern zog, trat plötzlich auf Leyla zu. Ich war nicht in der Lage einzugreifen. Meine Hände und Füße waren immer noch festgebunden. Meine Augen wanderten zu dem Raum mit der offenen Tür. Ich hörte ein paar Schläge. Ein weiteres Geräusch drang an mein Ohr, als wäre etwas gegen die Wand geflogen. Leyla, sie weinte nicht mehr, es herrschte Stille. Ich konnte das Bett knarren hören. Was war da los? Ich erinnerte mich, wie ich innerlich geschrien hatte, wie das wilde Tier, den Raum verließ, als wäre nichts passiert. Er schloss Laylas Tür ab und steckte den Schlüssel ein.

Dieser Mann war ein Psychopath. Er war krank wie die anderen Mitglieder seiner Familie. Was hatte er Leyla angetan? Sie war verstummt, ich weinte um sie und um mich. Wieder näherte er sich mir, schwankte hinter mich und legte seine schmutzigen Hände zurück auf meine Schultern. Ich wusste nicht, was er hinter mir tat, das war das Schrecklichste. Unter Anstrengungen drehte ich den Kopf und sah, wie er seine Jogginghose auszog. Mir blieb nur noch übrig zu beten.

Plötzlich stellte er sich in Unterwäsche vor mich. Ich war verzweifelt, wusste nicht, was ich tun sollte und war voller Scham und Angst, die sich vermischten. Er brachte ein Taschentuch mit, wischte mir sowohl die Tränen als auch die Nase ab. »Schau, wenn du dieses dritte Glas trinkst, wirst du aufhören zu weinen, glaub mir. Du wirst dich sehr wohl fühlen. Ich werde dich nicht verletzen, aber du protestierst, du bist sehr stur, dass macht mich wütend. Dann wirst du sagen, dass ich dich verletzt habe. Denk daran und trink das letzte Glas, ohne das ich Gewalt anwenden muss«, verlangte er. Ich gehorchte nicht und er brüllte außer sich: »Weißt du, wozu du mich zwingst? Dabei gibt es doch eine gute Lösung für dich! Was muss ich noch tun?«, brüllte er. Diese Familie war krank und sollte sich behandeln lassen. Ich hatte keine Kraft mehr. Ich erinnerte mich, dass ich langsam mein Bewusstsein verlor. Ich war erst 13 Jahre alt!

Während Yasemin den letzten Satz sagte, stand sie auf. Ich war Zeuge eines angespannten und wütenden Moments. Ihre Stimme wurde lauter. Es war die Stimme eines Opfers von Ungerechtigkeit, die sich erhob, als wollte sie Rechenschaft anfordern. Ich nahm den Rekorder und beendete die Aufnahme, denn das war in diesem Moment das Richtige.

In ihrer Wut schaute Yasemin mich überrascht an. »Du sprichst davon, dass wir Opfer sozialer Unterdrückung sind, und bringst mich zum Schweigen«, empörte sie sich.

Ja, aber ich fand mein Verhalten auf meine eigene Weise korrekt, ohne Auswirkungen von sozialem Druck. »Yasemin, als du jung warst, hattest du einen unglaublichen Albtraum. Wir sollten jetzt noch bewusster handeln, denn wie lange hast du nicht über diese Themen gesprochen? Du bist von deiner Vergangenheit traumatisiert. Bist du sicher, dass ich die Aufnahmen zu Papier bringen soll? Möchtest du, dass ich sie aufschreibe? Bist du bereit, alle deine Erfahrungen bekannt zu geben? Bist du sicher, dass ich wirklich Yasemin veröffentlichen soll? Wenn du sicher bist, lass uns weitermachen, aber wenn du es später bereuen solltest, lass uns dieses Buchprojekt abbrechen. Lass uns normal reden, ich bin bei dir und stehe dir immer zur Seite. Erzähl mir alles was du willst ohne Tonbandgerät.«

Sofort erwiderte Yasemin: »Ich bin sicher und sehr entschlossen. Zwischen uns besteht eine Bindung, wir haben Vertrauen zueinander aufgebaut. Ich sitze nicht einmal auf dem Balkon, weil mein Nachbar es hören könnte. Genau wie in deinem Beispiel ersticke ich daran, dass wir uns in einem Zustand sozialen Drucks befinden. Lass die Übeltäter ihre Strafe erleiden. Ich bin mir sicher und entschlossen. Kündige meine Stimme an, sie soll gehört werden ...«

Eine kleine Pause entstand, dann sprach Yasemin weiter: »Veröffentliche eine Stimme von Hunderten Opfern. Ich möchte allen erzählen, was mir widerfahren ist. Aber wir haben es in Anwesenheit eines Notars beglaubigen lassen, dass du meinen richtigen Namen, sowie den meines Bruders und meiner Schwester zu unserer Sicherheit nicht erwähnen darfst.«

Yasemin hatte recht und ich machte die erforderlichen Schritte beim Notar. Die Sicherheit dieser drei Menschen musste gewahrt bleiben. Es wurde sanktioniert, dass personenbezogene Daten nicht in Form von Zeugenaussagen, Beweismitteln und Überprüfungen vorgelegt werden durften.

Da ich mir absolut sicher sein wollte, fragte ich Yasemin noch einmal: »Willst du das wirklich? Es würde uns beiden nicht passen, auf halbem Weg abzubrechen.« Aber Yasemin war entschlossen. Sie wollte ihrer Stimme Gehör verschaffen und antwortete: »Lass die Gänseblümchen und die Rosen von Yasemin nicht austrocknen.«

Während ich mit Yasemin darüber sprach, klopfte es an die Zimmertür. »Wir gehen raus, hast du einen Wunsch?«, fragten die Kinder. »Nein, es ist alles im Hause, kommt nicht zu spät, nehmt das Telefon mit und geht dran, wenn ihr angerufen werdet«, ermahnte Yasemin die Kinder bevor sie gingen. Unsere Teegläser waren leer, es gab viele Dinge zu erzählen. Ich frischte unsere Tees auf, doch Yasemin brachte kalte Getränke auf den Tisch. Wieder nahmen wir beide unsere Plätze ein und Yasemin fragte: »Bist du bereit?«

»Ich bin bereit!«, antwortete ich und startete den Rekorder, der auf dem Tisch lag. Sie fuhr dort fort, wo sie aufgehört hatte ohne etwas zu überspringen:

Er fing an, die Kissen auf dem Sofa gegen die Wände zu werfen. In seiner Wut und Nervosität warf er alles was er in die Hände bekam herum. Ich war sehr verängstigt. Mehr als man denken konnte. Ihm war schwindelig, er war angespannt und wütend. Er gab sein Bestes, damit ich das dritte Glas trank. Langsam nahm er einen Schluck aus dem Glas, dann plötzlich, wickelte er meine Haare um seinen Finger und zog schnell meinen Kopf zurück, dabei versuchte er mich zum Trinken zu zwingen. Diese beiden Gläser hatten mich erschüttert und mich fast unbeweglich gemacht. Es war das erste Mal, dass ich Alkohol trank. Während ich versuchte, aus dem Glas in seiner Hand zu nippen, kümmerte er sich nicht um meine Hilferufe und Einwände. Ich konnte seinen bösen Atem fühlen, den Geruch seiner Haut in meinem Mund schmecken. Ich war angewidert! Hin und wieder stellte er das Glas auf den Tisch, ging hinter mich und berührte meine Schulter, dann fuhr er mit seinen Armen an meinen Brüsten entlang. Meine Einwände und Schreie waren zwecklos. Schnell drehte er den Stuhl so, dass ich ihn ansah. Er war direkt vor mir. Ich versuchte meine Augen von ihm abzuwenden, ich kämpfte, ich hatte Angst ... Trotz all meines Widerstands hörte er nicht auf. Sein Atem und seine Berührung waren an meinem Hals, er begann mich zu küssen. Ich bettelte und flehte ihn an, dass er aufhören sollte.

»Onkel Ferhat! Onkel Ferhat! Bitte lass mich gehen, bitte lass mich los«, wimmerte ich. Er wollte mich nicht hören, denn er genoss mein Flehen.

Er bewegte seine Hände über meinen winzigen Körper, seine Lippen und sein Bart waren entweder auf meinem Gesicht oder an meinem Hals. Er zog wieder hart an meinen Haaren und gab mir nacheinander die letzten Schlucke des Glases. Ich war immer noch weinerlich und verzweifelt. Ich war nicht mehr ich selbst. Ich erlebte die Wirkung seines Zwangsgetränks. Er nahm mich auf seine Arme und trug mich in den Raum, in dem ich die letzte Nacht verbracht hatte. Ich erinnerte mich sehr gut daran, dass mein Plädoyer fortgesetzt wurde. Er hatte mich leicht zur Seite gedreht und die geknoteten Fesseln an meinen Armen und Füßen geöffnet. Ich trug den weiten Pullover von gestern Abend. Mein Schicksal war ein Monster. Er war sauer auf mich, meine Kämpfe waren vergeblich. Ich versuchte ihn wegzuschieben, um Widerstand zu leisten.

Er hielt meine Handgelenke mit einer Hand und versuchte mit der anderen meinen Shalwar auszuziehen. Als ich zu schreien begann, hielt er meinen Mund zu und zog mich weiter aus, um seine schmutzigen Ambitionen zu erfüllen. Ich war nur ein Mädchen, das sich widersetzte und kämpfte, während er versuchte, meinen Körper zu bekommen.

»Nenn mich Onkel, nenn mich Onkel«, wiederholte er immer wieder. Was für eine Perversion hatte er kein Gewissen? Wie konnte eine Person einem kleinen Kind diese Dinge antun? Er hatte mein Weinen, Betteln und Schreien ignoriert. Er hielt mich eisern fest. Es gab nichts, was ich tun konnte. Nach stundenlanger Folter vergewaltigte er mich.

Ich wurde nach dem Morgengebet von Onkel Ferhat vergewaltigt ...

»Hast du eine Strafanzeige eingereicht?«, fragte ich.

»Ich war in einem Dorf, was konnte ich tun? Über welches Verbrechen hätte ich mich beschweren sollen?«, sagte sie. »Bist du zur Staatsanwaltschaft gegangen?«, hakte ich weiter nach.

»Ja, bin ich, aber der Staatsanwalt war ein Verwandter meines Schwiegervaters. Sie haben daraus eine Verleumdungsklage gemacht. Ich war schockiert, was für eine Gerechtigkeit war das? Was war das für ein Gesetz, das sie am Ende ein kleines Mädchen bestraften, das doch das Opfer war?«

Da ich Yasemin nicht unterbrechen wollte, forderte ich sie auf: »Erzähl bitte weiter.«

»Es spielt keine Rolle, ich werde später über diese Themen reden. Langsam erholte ich mich nach der Vergewaltigung. Ich weinte laut und betrunken auf dem Sofa: »Warum, warum hast du das getan, du Verbrecher? Du hast mich vergewaltigt. Warum hast du mir das angetan? Warum hast du mich umgebracht? Warum hast du mir meine Zukunft genommen, du hast mich ruiniert!« Ich fing an zu schreien. Das Echo meiner Schreie kam aus den leeren Räumen zu mir zurück. Meine Hände und Füße waren nicht mehr gefesselt, ich fühlte mich freier. Zum Glück war er nicht mehr bei mir, was mir mehr Kraft zum Schreien gab.

Ich ging ins Bad, Leyla war immer noch in ihrem Zimmer eingesperrt.

Es klopfte an die Tür. Nicht einer, sondern ein paar Leute standen am frühen Morgen vor der Haustür. Ich trug noch den Shalwar, den ich seit letzter Nacht nicht mehr ausgezogen hatte. Ich schluchzte weiter, als ich die Tür erreichte.

Der Vergewaltiger stürmte aud dem Schlafzimmer auf mich zu und fing an, mich mit aller Kraft zu schlagen. Die Geschwindigkeit des Klopfens nahm allmählich zu.

Gierig stand die Sippschaft vor der Wohnungstür. »Öffne die Tür! Mach die Tür auf, mein Sohn«, rief die Füchsin uns zu. Die Schreie wurden lauter, doch er verließ mich und schenkte sich ein weiteres Glas Raki ein, trank es in einem Zug aus und legte sich in das Bett, in dem er mich vergewaltigte hatte. Er schlief sofort ein. Ich nutzte die Gelegenheit des Augenblicks und schloss ihn ein. Die vor der Tür waren schlechte Leute. Deshalb waren sie mir egal, ich wollte zuerst zu Leyla gehen. Die junge Frau lag immer noch im Bett. Ich weckte sie mit einem Schütteln. Das erste, was sie sagte war: »Ich hoffe, er hat dir nichts angetan, mein armes Kind ...« In diesem Moment umarmten wir uns beide weinend.

»Komm schon, wir müssen packen«, trieb sie mich an und hielt meinen Kopf hoch. Auf die Schnelle hatte sie mir einen starken Kaffee gemacht. Mit der anderen Hand bedeckte sie die Wunden ihres Körpers. Die Vorderseite der Tür wurde immer noch belagert. Das Geschrei hallte zu uns nach drinnen.

Ich war weinerlich, verängstigt und schüchtern ... Wohin auch immer Leyla ging, ich folgte ihr und hielt sie mit einer Hand fest. Sie befand sich jedoch in einer schwierigen Situation und war selbst ein Opfer. Aber für mich war sie in dem Moment die Starke und das tat gut. Obwohl ich sah, dass sie auch ein Opfer war, wurde ich durch ihre Entschlossenheit tapfer. Aber ich konnte mich nicht erholen. Die Schwiegermutter, die Füchsin klopft immer wieder an die Tür.

»Was ist da los, was ist los? Was habt ihr zwei mit meinem Sohn gemacht?«, kreischte sie. Wir hatten nichts gemacht, sondern ihr Sohn tat uns beiden großes Leid an. Würde eine Person, die eine solche Einstellung hatte uns helfen, wenn wir die Tür öffneten? Oder würden wir dann in noch größere Schwierigkeiten kommen? Wir waren beide aufgeregt und verängstigt, aber trotzdem schlossen sich meine Augen vor Erschöpfung und Schwäche. Ich sollte schlafen, aber wir mussten hier raus.

»Er ist nicht so, wie könnte er so etwas tun?«, sagte ich immer wieder. Irgendwann fielen mir die Augen zu und ich schlief ein.

Leyla weckte mich: »Steh auf, wasch dich, ich werde die Tür öffnen.« Schnell wusch ich meine Hände und mein Gesicht, ich fühlte mich müde und war schläfrig. Ich tat mein Bestes wach zu werden. Ich hätte kräftig sein sollen, dieses Haus verlassen und eine Strafanzeige bei der Polizei einreichen sollen. Mein Kampf wäre nicht einfach, aber ich musste es tun.

Leise schloss Leyla den Raum auf, in dem ihr Mann schlief. Zum Glück war er immer noch im Tiefschlaf. Sie schloss die Tür wieder und gab mir leise ein Zeichen, ich solle zu ihr kommen. Die Außentür war geöffnet und sie zog mich mit einer Hand schützend hinter sich. Ihre Schwiegermutter eilte in die Wohnung, sobald sich die Tür öffnete. »Wo ist mein Sohn? Wo ist mein Sohn?«, jammerte sie und schob uns schnell beiseite. Ich versteckte mich immer noch hinter Leyla. Sie öffnete die Türen zu allen Zimmern und suchte nach ihrem Sohn. Leyla war in diesem Moment ganz ruhig, sie meinte: »Mutter, du bist zu laut. Du wirst deinen Sohn aufwecken. Er liegt drüben.« Sie hatte sein Zimmer betreten, war zum Sofa geeilt und überprüfte seine Herzfrequenz. Die Welt stand kopf, sie dachte, wir hätten ihren Sohn gefoltert, während er doch uns gefoltert hatte.

»Von wem kamen die Stimmen grade? Wer hat geschrien?«, fragte sie uns wütend. »Ich bin auf die Toilette gegangen«, flunkerte ich. Sofort ergriff Leyla das Wort: »Das Mädchen hatte Angst, als sie Ferhat im Dunkeln plötzlich begegnete. Er stand nachts auf und trank weiter. Er wurde wütend und schrie Yasemin an.«

»Lass meinen Sohn in Ruhe, geht ihm nicht auf die Nerven, belastet ihn nicht«, fuhr die Füchsin uns an. Leyla, die die Außentür schloss, drehte sich zu mir und sagte: »Yasemin, habe ich dir nicht gesagt, sei still. Ich werde mich darum kümmern.« Warum hatte Leyla nicht erzählt, was nachts passiert war? Das verwirrte mich.

Sie hatte den Raum abgeschlossen, in dem ihr Mann schlief. »Wir müssen ruhig bleiben«, murmelte sie hektisch und aufgeregt. »Wir müssen eine Lösung finden.« Aber Leyla hatte etwas vergessen, dass ich nicht mehr die Yasemin von gestern war, nicht mehr die makellose Yasemin. Sie wusste das, trotzdem wollte sie mich mit ihm konfrontieren, um nach einer Lösung zu suchen. Also war Leyla auch psychisch instabil. Das habe ich in diesem Moment gemerkt. Ich musste sofort zur Polizei und eine Strafanzeige einreichen, solange die Tat noch frisch war.

Es war kurz vor Mittag, Ferhat schlief noch. Die Zeit schien stehen zu bleiben. Das Warten auf sein Erwachen war wie der Tod für mich. Ab und an konnte ich meine Tränen nicht kontrollieren. Immer wieder kamen und gingen Leute. »Komm, setz dich neben mich, lass uns reden«, bat mich Leyla. Bereitwillig ging ich zu ihr und setzte mich. Ich hatte Angst vor dem, was mir von nun an passieren würde. Was haben sie meinem Vater erzählt? Wie konnte ich meine Unschuld beweisen? Es warteten sehr schwierige Momente auf mich.

Als ich neben Leyla saß, erzählte sie mir alles nacheinander: »Die Absicht war banal, sie haben alles Üble, was es gibt auf uns losgelassen. Glaube mir, mein Ehemann ist nicht so. Er schimpft, wir haben einen Streit, ja, aber bis heute hat er nicht einmal seine Hand erhoben. Er war bei unserer Hochzeit und gestern betrunken. Eigentlich trinkt er nicht, also muss er dazu gezwungen worden sein.«

»Nichts von dem, was du sagst, kann das entschuldigen, was er mir angetan hat«, unterbrach ich sie schluchzend. »Du kannst gehorchen, aber ich muss es nicht. Ich wurde gegen meinen Willen hierhergebracht. Ich wurde entführt! Er hat mir meine Kindheit genommen, wie soll ich das Gesicht meines Vaters je wieder anschauen können? Weißt du, was er mir angetan hat?«

Jemand versuchte die Zimmertür zu öffnen. Leyla sprang sofort von ihrem Platz auf und ging zur Tür. »Ich habe einige Dinge über die ich mit dir reden muss. Ich komme später in dein Zimmer«, sagte sie hastig. Sie bereitete Kaffee und ein Glas Wasser zu, dann betrat sie ohne Einwände zu erheben Ferhats Zimmer.

Ich war erstaunt. Die Welt konnte gestern und heute nicht unterschiedlicher sein ...

Ich wusste nicht, worüber sie redeten. Ich hatte Angst, sehr viel Angst. Mein Herz pochte vor Aufregung. Die Minuten, die vergingen, schienen mir wie Stunden vorzukommen. Während ich wartete hörte ich endlich nach 15 bis 20 Minuten Onkel Ferhats Stimme.

»Kann nicht sein! Kann nicht sein! Es kann nicht sein!«, kamen Schreie aus dem Raum. Onkel Ferhat weinte! Was hatte Leyla ihm gesagt? Meine Angst ließ nach, als ich ihn so weinen hörte, auch meine Schüchternheit machte Mut platz. Jemand kam auf mich zu. Ich konnte die Schritte vernehmen. Ich war nervös, aber diesmal mutiger. Er stand vor mir, dieser Bösewicht.

Mit seinen Händen bedeckte er Mund und Gesicht, seine Augen waren blutunterlaufen vom Weinen. Er wiederholt dasselbe immer und immer wieder, ohne die Hände vom Gesicht zu nehmen. »Kann nicht sein! Kann nicht sein! Was habe ich getan, was habe ich getan, oh Gott?« Er war geschockt. Leyla folgte ihm und trat hinter mich.

Ich hatte nicht erwartet, dass ich ein solches Szenario erleben würde, ich war schockiert. Leyla hielt meine Schultern und stärkte meinen Rücken. »Ich bin hinter dir, du bist nicht allein. Ich bin da, hab keine Angst«, wiederholte sie sich. Sie wurde niedergeschlagen, gestoßen und getreten, trotzdem war sie sehr stark. Sie hatte ein reines Gewissen und Barmherzigkeit, das anderen fehlte. Sie tolerierte keine Ungerechtigkeit.

Ich hatte Tage erlebt, die nicht aus meinem Gedächtnis gelöscht werden können und tiefe Wunden in meiner Seele hinterlassen hatten. Weinend umarmte ich Leyla. »Warum hast du mir das angetan, warum hast du meine Zukunft ruiniert? Du hast all meine Träume und meine Zukunft zerstört. Schande über euch alle. Ich verweise dich auf Gott«, sagte ich.

Onkel Ferhat nahm seinen Blick von uns, fiel auf die Knie, schluchzte und verbarg sein Gesicht wieder hinter seinen Händen. In diesem Augenblick konnte ich meine Gefühle nicht kontrollieren, ich ließ Leyla los und fing an, Onkel Ferhat in den Rücken zu schlagen. Je mehr ich traf, desto mehr wuchs sein Schluckauf. »Warum, warum, warum?«, schrie ich und schlug weiter, er wehrte sich nicht. Leyla weinte mit mir.

»Was passiert mit uns? Ist nicht alles wegen deiner Mutter passiert!«, klagte Leyla.

Ich wollte zur Polizei gehen, ich wollte mich über ihn und alle anderen beschweren. Leyla forderte mich auf: »Komm, wasch dein Gesicht, unser Tag ist länger als erwartet. Wir werden das Mädchen nach Hause zu ihrem Vater bringen und zur Polizei gehen lassen. Wenn du nicht gehst, rufe ich die Polizei hierhin«, versprach Leyla. Leyla, die gestern von allen erniedrigt wurde, war in diesem Moment stärker als alle zusammen!

»Wir gehen, okay! Was auch immer meine Strafe ist, ich werde sie annehmen«, sagte Ferhat und stand auf. Er schluchzte immer noch, als er zum Waschbecken ging, um seine Hände und sein Gesicht zu waschen.

»Du hast seinen Zustand gesehen, er stand unter dem Einfluss von Alkohol«, erinnerte mich Leyla. Das konnte keine Entschuldigung für irgendetwas sein. Sie hatten mein Leben zerstört und sie waren schuldig, mich hierher gebracht zu haben. Wie würde ich in das Gesicht meines Vaters sehen können? Wie sollte ich zurückkehren? Ich war entehrt und weinte vor Verzweiflung.

Es war fast fünf Uhr, es wurde langsam Abend. Die Ungeduld umkreiste mich, der Hunger nagte an mir, aber ich war nicht in der Lage, über Essen nachzudenken. Mir war der Schlaf entzogen worden und ich hatte am ganzen Körper Blutergüsse, die schmerzhaft waren.

Die Wunde im Herzen heilt nie.

Es verkrustet nur.

Die Spur darunter bleibt…

KAPITEL 11

Trotz aller Fragen, konnten wir das Haus un bemerkt verlassen. Das war meine Erlösung. Ich schaute nicht einmal hinter mich und stieg mit Leyla ins Auto ein. Ferhat kam auch endlich. »Die Gardine bewegte sich. »Wir werden beobachtet«, flüsterte Leyla erschrocken. Die Haustür öffnete sich, Onkel Ferhats Bruder erschien. »Bruder, ist alles in Ordnung?«, hakte er nach. »Wir haben einiges zu erledigen, sobald wir fertig sind, kehren wir zurück«, antwortete er ruhig.

Plötzlich ging der Bruder um das Auto zu seiner Schwägerin. »Du setzt dich nach hinten«, forderte er sie auf. Sie stieg aus und setzte sich ohne Einwände neben mich. Er stieg vorne ein. »Jetzt sind wir erledigt, bete!«, flüsterte sie mir zu, ergriff meine Hand und betete. Nach einer langen Autofahrt, parkte Ferhat das Auto. Es war eine überfüllte Straße, ich war noch nie dort gewesen. »Nun, wir sind da, wohin musst du?«, erkundigte sich Ferhat.

»Ich habe viel Zeit mitgebracht und werde mit euch gehen. Vielleicht wirst du auf ihren Vater oder Verwandte stoßen, du wirst nicht allein sein«, bot er an. Darauf hatte Onkel Ferhat nichts einzuwenden, er wirkte etwas verzweifelt auf mich. Die zwei gingen vor, wir hinter ihnen. »Ich denke, wir sind hierhergefahren, um ihn abzulenken, es gibt hier keine Polizeiwache«, wisperte sie mir leise zu.

Yasemin stellte das Tonbandgerät wieder aus. »Komm, lass uns eine Pause einlegen. Wir haben gut angefangen«, gähnte sie. Wir lehnten uns beide zurück und tranken unseren Tee. Für heute war Schluss, Yasemin würde morgen wieder anfangen zu arbeiten.

Am nächsten Tag ging ich mittags mit den Kindern ins Kino. Es war fast Abend, als wir wieder zu Hause ankamen. Wir nahmen eine Mahlzeit zu uns und wir führten sehr nette Gespräche. Später gingen die Kinder ins Bett, mein Bruder, Yasemin und ich unterhielten uns noch eine Weile auf dem Balkon. Gegen 22.45 Uhr wünschte mein Bruder uns eine gute Nacht, dann ließ er uns alleine. »Glücklicherweise hat uns unser Herr mich mit Euch zusammengebracht. Ich bin froh, dass ich euch kennengelernt habe. Ihr tut uns sehr gut«, sprach Yasemin sanft. Auch sie tat uns gut, da wir noch nicht müde waren, unterhielten wir uns weiter. Als das Wetter abkühlte, holten wir uns eine Decke von innen und kuschelten uns bei Kerzenlicht ein. Unsere Tees und das Tonbandgerät waren auf dem Tisch.

»Denkst du, dass andere meine Geschichte lesen und dadurch Kraft schöpfen werden? Wird meine Geschichte ihnen ein Weg zur Hoffnung geben? Werden sie die Kraft finden, den Menschen zu entfliehen, die ihnen Schaden zufügen und ihre Tage verdunkeln?«, seufzte sie mit leicht gesenktem Kopf und hoffnungsvollen Augen. »Veröffentliche! Kündige meine Geschichte um jeden Preis an.

Du hast mir Kraft gegeben, du bist meine Hoffnung geworden. Du hast mich aus der Sackgasse geholt, auch wenn du es nicht bemerkt hast. Gott sei Dank, bin ich nicht verrückt geworden. Während ich verzweifelt mit meinen Geschwistern um unser Leben kämpfte, kamst Du uns mit Vertrauen, mitfühlend und warmherzig entgegen. Obwohl du selbst einen schweren Schlag des Lebens erlitten hast und deinen Bruder aufnahmst. Wie hast du das erreicht? Was für eine Kraft ist das? Was für ein Erfolg!«

Wie folgt antwortete ich Yasemin: »Wenn Gott es erlaubt, kann ich es veröffentlichen. Alles ist Gottes Schutz, alles wird durch Gottes Willen und nur durch seinen Willen geschehen. Es geht nicht nur um Willen, wir werden uns bemühen. Von Zeit zu Zeit wirst du deinem Schmerz erliegen, dich müde fühlen, weinen, vielleicht auch lachen, während du mir alles erzählst. Es ist nicht leicht, über deine Schmerzen, Albtraumtage, Traumata und deinen Widerstand zu berichten. Wenn du dies wirklich tun möchtest, werden wir unseren Herrn um Kraft bitten.«

Yasemin stand von ihrem Platz auf und umarmte mich. Wir hatten einen aufregenden und schwierigen Weg eingeschlagen, aber sie erzählte weiter.

Leyla sagte leise und verwirrt zu mir: »Ich nehme an, er möchte ihn aufhalten. Diese Straße führt nicht zur Polizeistation.«

So gingen wir die Hauptstraße runter, die von Einkaufsläden, Märkten und Boutiquen gesäumt war. Es gab in unserem Dorf nicht solche langen und breiten Straßen, es war viel zu voll. Ich wollte meine Zeit nicht damit verschwenden, mit ihnen herumzuwandern. Ich hatte Schläge bekommen, wurde tyrannisiert und vergewaltigt, ich hatte Schmerzen und Wunden, ich war erschöpft. Leyla hielt besorgt meine Hand fest. Wir folgten den beiden, die sich im Flüsterton unterhielten. Onkel Ferhat war abgelenkt, er war nicht er selbst. Er ging bewusstlos, halb tot, halb lebendig in ein Restaurant, aber ich wollte sein Gesicht nicht sehen. Ich war erstaunt, wie geduldig ich sie heute ertragen konnte, obwohl ich sie so sehr hasste. Ich sagte heute: »Ich hoffe, mein Herr wird mich diese Tage nicht wieder erleben lassen. (Amin)

»Yasemin, du hast 'heute' gesagt. Wie würdest du dich heute verhalten?«, fragte ich sie.

»Das ist eine gute Frage«, erwiderte sie. »Ich würde wahrscheinlich schreien, bis meine Lunge brannte, bis mein Atem aussetzte. So lange hätte ich heute nach Hilfe geschrien.

Ich würde nicht die ganze Straße entlanggehen, das ist sicher. Aber du weißt, es ist nicht einfach. Ich hatte gehofft, wir machten es so, wie wir es zu Hause besprochen hatten, dass er zur Polizei ging und sich schuldig bekannte. Dass er mich wie versprochen zu meinem Vater brachte.«

»Mach dir keine Vorwürfe, du hast keine Schuld, Yasemin«, betonte ich. »In diesem Fall hast du getan, was getan werden musste. Die Schritte, die du unternommen hast, waren zu deiner eigenen Sicherheit. Du hast keine Schuld, verstehst du. Nimm nicht die Schuld auf dich.«

»Das ist leicht gesagt. Ich wünschte, ich hätte in dieser Straße um Hilfe geschrien. Ich wurde entführt, Hilfe! Wenn ich geschrien hätte, dass sie so schlecht waren, wenn sie doch nur in diesem Moment verhaftet worden wären«, klagte sie. Kurz schüttelte sie die Gedanken ab, dann nahm sie den Faden wieder auf.

Sie betraten ein Restaurant und wir folgten ihnen. Onkel Ferhat flüsterte etwas in Leylas Ohr. Sie antwortete ihm nur mit einem nicken, bevor wir uns hinsetzten. Leicht rüttelte ich an Leylas Arm und fragte: »Was ist passiert, was hat er gesagt?« »Später!«, wisperte sie mir nur zu.

Nachdem wir alle am Tisch ankamen, sagte Onkel Ferhat: »Bestellt ihr das Essen, ich parke das Auto vor den Eingang.« Der böse Bruder saß vor mir, Leyla und ich nebeneinander.

Wir konnten wegen ihm nicht reden. Mein Rücken war dem Eingang zugewandt, obwohl ich Hunger hatte, konnte ich wegen der vielen Albträume nicht essen.

Fast eine halbe Stunde später kehrte Onkel Ferhat erst zurück. Er hatte Bohnen mit Reis bestellt. Plötzlich sagte er, er hätte etwas im Auto vergessen. Er ging zum Wagen und sein Bruder folgte ihm. Leyla und ich saßen allein am Tisch. »Wann werden wir gehen? Was passiert da? Lass uns jetzt gehen! Warum kommt dieser mörderische Mann mit uns?«, sprach ich aufgebracht.

»Lass deine Verzweiflung fallen«, beruhigte mich Leyla, aber ich hatte Panik.

Auf einmal rief Onkel Ferhat vom Eingang nach Leyla und bat um etwas aus dem Auto. Verwirrt antwortete Leyla: »Ich habe es nicht angefasst, es ist immer noch im Auto.«

»Komm und sieh nach, wo es ist«, blieb er hartnäckig. Ohne Einwände ging Leyla zu ihm. Als ich mich umdrehte, war niemand außer den Gästen und dem Restaurantpersonal da. Ich hatte Angst! Ich schaute von Zeit zu Zeit zurück, Leyla war immer noch abwesend.

Um die Schreie eines Menschen zu hören, braucht man nicht zuzuhören. Du kannst die Geschichte mit deinen Augen lesen, mit deinem Verstand hören und mit deinem Herzen fühlen. Wenn du nur sehen und hören tust.

KAPITEL 12

Es war einige Zeit vergangen, niemand kam. Ich hatte keine Uhr und saß unwissend da. Ich fragte den Kellner, der den Tisch abdecken kam. »Wo sind sie?« Er schaute nach und antwortete: »Die drei waren gerade im Auto vor der Tür, aber jetzt gibt es weder sie, noch das Auto.«

Es fühlte sich an, als würde kochendes Wasser über meinen Kopf gegossen. Ich war besorgt, denn ich hatte keine 5 Lira in der Tasche. Sofort ging ich zu dem Kellner und bat ihn: »Bitte, helfen Sie mir.« Grob erklärte ich ihm die Situation. »Bitte rufen Sie sofort die Polizei an«, flehte ich ihn weinend an. »Warte, komm hier rein, trink ein Wasser. Beruhig dich erst mal, wir rufen an, mach dir keine Sorgen!«, meinte er dann.

Ich war es leid, überall warten zu müssen. Jeder traf Entscheidungen für mich. »Nein, warum soll ich warten? Bitte rufen Sie die Polizei an, hier wurde ein Verbrechen begangen«, sagte ich aufgebracht. Ein Paar vom Nebentisch, dessen Aufmerksamkeit ich auf mich zog, stand auf und trat an meine Seite. »Was ist passiert, warum rufen sie nicht die Polizei an?«, fragte er den Kellner besorgt.

Dank dieses Kunden rief er sofort die Polizei an. Er gab den Namen und die Adresse des Restaurants durch. »Wir haben ein Anliegen. Die Situation ist brisant, wir sind besorgt, es ist etwas passiert«, sagte er, ich erinnerte mich gut.

Ich saß am Tisch des Pärchens und wartete darauf, dass die Polizei kam. Sie stellten mir immer wieder Fragen, aber ich weinte vor Angst. Ich musste das Restaurant so schnell wie möglich verlassen, falls Ferhat jeden Moment wiederkommen würden.

Endlich traf die Polizei zirka 15 bis 20 Minuten später ein. Ich war sehr erleichtert, als ich sie sah. Ich rannte zu ihnen und fing aufgeregt und unter Tränen an zu erzählen, was mir passiert war. Sie fragten nach meiner Identität. »Sie haben mein Ausweis in ihrem Haus.«, berichtete ich.

»Wie bist du hierhergekommen?«, folgten weiter Fragen.

»Ich werde ihnen alles erzählen. Bitte, bringen Sie mich sicher zur Polizeistation. Ich werde Ihnen dort alles erzählen. Lasst uns hier raus?«, flehte ich sie an.

Nachdem sie meine Informationen, aus welchem Dorf ich kam und meinen Namen notiert hatten, schickten sie die Daten an die Polizei. Sie erhielten die Bestätigung meiner Identität und brachten mich zur Polizeistation. Ich saß hinten im Polizeiauto, schluchzte immer wieder und drückte meine Dankbarkeit aus. Ich dachte, ich wäre gerettet.

Sie stellten Fragen über meinen Vater. »Rufen Sie meinen Vater an, er wird sofort kommen«, bat ich sie. Ich gab die Nummer unseres Hauses an. Dann sagten sie mir, ich sollte auf dem Flur warten. Schüchtern saß ich im Gang, wartete und weinte. Ich hatte immer darüber nachgedacht, was ich sagen sollte, wenn mein Vater kam. Wie sollte ich in sein Gesicht sehen? Er sorgte sich bestimmt? Es war großartig, dass sie angerufen hatten. Ich dachte, sie haben die Sorge meines Vaters gestillt, aber es stellte sich heraus, dass meine Welt auf den Kopf gestellt wurde.

Mich rief ein Polizeibeamter: »Komm mit mir, um deine Aussage zu machen.« Ein anderer Beamter, vermutlich ein Kommissar saß vor seiner Schreibmaschine. »Wir haben deinen Vater angerufen, er wird hierherkommen. Du bist minderjährig, du wirst nicht aussagen können, bevor dein Vormund kommt.«, belehrte er mich.

Ich hatte keine andere Wahl, ich musste auf meinen Vater warten. »Aber ich kann diese albtraumhaften Momente nicht vor meinem Vater erzählen«, protestierte ich.

»Du bist minderjährig. Nach der Unterschrift Ihres Vaters kann er vor der Tür warten. Geh wieder in den Korridor, warte dort«, forderte er mich auf.

»Wenn ihr Vater kommt, lass es mich sofort wissen«, sagte er zu einem Kollegen. Mein Körper zitterte vor Schlaflosigkeit, Hunger und Aufregung.

Mein Vater war immer noch nicht da ...

Während ich wartete, gab mir ein Offizier Wasser. Ich leerte es in einem Zug. Ein paar Stunden vergingen, mein Vater war nicht gekommen. Ich ging zu dem ersten Polizisten, den ich sah und fragte: »Können Sie zu Haus noch einmal anrufen?«

»Dein Vater ist auf dem Weg«, antwortete er.

»Mit wem haben Sie telefoniert?«, hakte ich nach.

»Mit einem Mann«, gab er von sich.

Als ich zu meinem Platz in den Flur ging, kam mein Vater. Mit großer Freude rief ich sofort: »Vater!«

Meine Rettung war gekommen, mein Held. Mein Vater hingegen befand sich in einem explosiven Zustand wie entzündetes Schießpulver.

Ich hatte Angst! War er wütend auf mich oder auf sie? Es war schlimm darüber nachzudenken und die Antwort nicht zu kennen. Sehr nervös näherte er sich mir mit riesigen Schritten, ohne etwas zu sagen, ohne dass sich sein Ausdruck auf seinem Gesicht änderte, ohne seine Augen von mir abzuwenden. In diesem Moment hatte ich zum ersten Mal Angst vor meinem Vater, die ich zuvor nie gehabt hatte.

Als er zu mir kam, hob er seine Hand. Mit aller Kraft gab er mir den größten Schlag meines Lebens. »Du kleines Miststück! Du hast die Ehre, den Ruf und die Keuschheit unserer Familie geschändet! Wie auch immer du es angestellt hast! Hast du nicht einmal über die Ehre deiner Familie nachgedacht!«, schrie er mich an. Obwohl ich auf dem Boden lag, schlug er weiter auf mich ein.

Ich war schockiert. Erst als die Polizei meinen Vater von mir wegzog, hörte er auf.

»Lüge! Lüge! Ich habe nichts getan. Meine Stiefmutter hat mich verkauft, ich habe keine Schuld. Glaube mir Papa, glaube mir Papa, ich habe nichts getan. Er hat mich vergewaltigt, meine Stiefmutter hat mich ihnen mit ihren eigenen Händen gegeben. Ich wusste nichts über sie, sie haben mich entführt. Glaube mir, Papa!«, brüllte ich heiser.

Mein Vater verfluchte mich: »Du verdammt, du verleumdest deine Mutter ohne Scham. Es gibt keinen Ort mehr, an dem sie dich nicht gesucht hat. Sie war unglücklich, weil sie dich nicht gefunden hatte. Sie hatte die ganze Nacht nicht geschlafen, weil sie besorgt war und du verleumdest sie. Schande über meine Tochter! Konntest du nicht warten, um aus dem prächtigen Vaterhaus herauszukommen?«

Nicht eine Aussage von meinem Vater stimmte. Sie verleumdeten mich. Mein Vater beschuldigte mich und jedes seiner harten Worte stachen wie ein Dolchstich in meinem Herzen. In diesen jungen Jahren blutete mein Herz. Ich war am Boden zerstört ...

Ich hatte keine Kraft zu stehen, keine Kraft mehr zu nichts und setzte mich auf den Boden, indem ich mich an der Wand abstützte. Ich schluchzte und bedeckte mein Gesicht mit den Händen. »Sie lügen, lügen, verleumde mich nicht«, sagte ich so laut wie möglich. Mein Vater hingegen versuchte sich zu beruhigen, aber er setzte seine wütenden Worte fort.

Das war zu viel für mich. *Ich hatte nur einen Vater und sie haben ihn mir weggenommen. Meine Welt wurde zerstört.*

Mein Vater versprach den Offizieren: »Meine Nerven haben sich beruhigt. Ich habe mich beruhigt. Ich verspreche, ich werde nichts tun, ich habe mich beruhigt.« Dann näherte er sich mir. Aus Angst vor meinem Vater brach ich zusammen.

Leise beleidigte er mich, er saß neben mir auf dem Stuhl. Meine Brust brannte, mein Herz blutete. Jedes Mal, wenn ich etwas sagen wollte brüllte er: »Zier dich! Du bist respektlos!

Du hast unseren Ruf, unsere Ehre geschädigt. Mit welchem Mut sprichst du? Ich habe keine Tochter mehr.«

Der Offizier ließ meinen Vater nicht gehen. »Ihre Tochter wird noch aussagen müssen. Wir brauchen Ihre Unterschrift, da sie minderjährig ist«, meinte er.

»Du wirst nicht aussagen, ich werde denen sagen, was sie hören möchten. Ich werde nicht mehr zulassen, dass du unsere Familie und unsere Ehre demütigst«, herrschte er mich an.

Er hat mich immer unterbrochen, hat mich immer unterbrochen, hat mir das Reden verboten. »Vater, sie haben dich betrogen, glaube nicht, was dir gesagt wurde«, schluchzte ich. Aber er sagte immer wieder: »Sei Still! Zier dich! Du hast mich dazu gebracht, meinen Kopf zu neigen.« Er redete immer noch heftig weiter, ohne mich zu beachten.

Dem Kommissar erklärte er wie folgt: »Wir müssen den Fall nicht vergrößern. Es ist nicht so, wie wir dachten. Der Verdächtige und meine Tochter, haben sich verguckt und sind ohne unseren Willen geflohen. Ich sagte seiner Familie, dass ich meine Tochter ihm nicht geben würde, bevor sie volljährig sei. Sie handelten heimlich und rannten weg. Sie sagten zu ihrem Vater, lass uns das Mädchen zurückbringen.

Meine Tochter hat sie angelogen, und behauptet, dass unser Haus kein Telefon besaß, damit sie nicht zurückgebracht werden konnte. Die leibliche Mutter meiner Tochter ist gestorben. Wie Sie sehen, sind wir jetzt hier, Herr Beamter. Meiner Tochter ist nichts passiert. Sie hatte Angst vor mir und sagt es nur, weil sie sonst nach Hause gebracht wurde.«

Die ganze Zeit weinte ich und versuchte dem Beamten zu signalisieren, dass ich seine Aussage nicht bestätigte. Nichts davon wahr war. Nach der Aussage meines Vaters, fragte mich der Kommissar: »Ist das richtig?«

Ich konnte nicht antworten, daher wiederholte er sich: »Ich frage dich, ist das, was dein Vater gesagt hat, wahr?« Er hatte genau dreimal gefragt. Dann erhob mein Vater seine Stimme: »Antworte, der Polizeichef wartet auf deine Antwort. Indem du nicht antwortest, machst du mich zum Lügner. Bestätige was ich gesagt habe! Komm schon, bestätige es!« In diesem Moment war ich verzweifelt und bestätigte: »Ja, es ist die Wahrheit.«

Nachdem ich diese falsche Aussage bestätigt hatte, bekam ich mein Schluchzen nicht mehr unter Kontrolle.

»Dann unterschreiben Sie Ihre Aussage und behelligen Sie die Polizisten nicht mehr mit solchen Dingen. Lösen Sie ihre Familienprobleme in der Familie!«, sagte er barsch. Es wurde jedoch aus jedem Winkel verstanden, dass ich eine Falschaussage gemacht hatte.

Kriege sind nicht nur an der Front,

sondern auch im Herzen.

KAPITEL 13

Dies war das erste Mal, dass ich meinen Vater so aufgebracht sah und erlebt hatte. Es war das erste Mal, dass ich solche Angst vor ihm hatte. Mein Vater war nicht so, wie hatten sie ihn so täuschen können? Seine Veränderung schmerzte mehr als meine Wunden und Verletzungen.

Wir hatten das Büro des Kommissars verlassen. Mein Vater zog mit großer Wut an meinem Arm, damit wir so schnell wie möglich die Wache verließen. Und ich - ich gestehe mit Zynismus - wollte in diesem Moment unbedingt von der Seite meines Vaters weg. Rasant gingen wir auf das Auto zu. Zwei ältere Männer, die ich aus dem Dorf kannte, standen neben dem Wagen. Mein Vater war nicht allein gekommen. Das war überhaupt nicht gut. »Steig ein!«, befahl er mir. Nervös, sogar aggressiv stieß mein Vater mich an. Ich setzte mich ohne eine Antwort zu geben auf den Rücksitz.

Mein Vater ärgerte sich immer noch und dachte nicht darüber nach, was die drei älteren Männer von mir halten würden. Ich verstand nicht, warum er die Lügen glaubte. Er fuhr viel zu schnell, was mich in jeder Hinsicht erschreckte.

Ich dachte wir fuhren nach Hause. Wir waren seit fast anderthalb Stunden unterwegs. Unser Dorf lag weit abseits von der Stadt. Mein Vater war weiterhin voller Zorn. Für meine Stimmung gab es keine Beschreibung.

Der Mann, der vorne saß, sagte: »Ihre Mutter war nicht so. Ich frage mich, warum so etwas aus ihr geworden ist?« Mit diesen Worten fühlte ich mich an die Wand gedrückt.

»Rede nicht über meine verstorbene Mutter, sprich mit Vernunft!«, schluchzte ich. Der Zorn meines Vaters hörte nicht auf. Er fuhr an die Seite, zwang mich auszusteigen, lehnte mich gegen das Auto und schlug mich. »Schau, was du von den anderen zu hören bekommst. Was höre ich wegen dir? Schau dir die Probleme an, die du mir verursacht hast! Kleine Schlampe! Konntest du es nicht abwarten, volljährig zu werden? Ich entehre dich, kleine Prostituierte!«, warf er mir an den Kopf.

»Ich habe keine Schuld, sie haben dich betrogen. Meine Stiefmutter brachte mich mit ihren eigenen Händen zu ihnen. Warum glaubst du mir nicht? Warum hörst du mir nicht zu?«, heulte ich auf. Mein Vater hätte mir glauben sollen, denn ich log nicht. Es war dunkel, die Autofahrer, die an uns vorbeifuhren bemerkten, dass ich geschlagen wurde und hupten oder machten sich durch Lichthupe bemerkbar. Er zwang mich wieder ins Auto und wir fuhren weiter. »Du hast mich auch vor Passanten blamiert«, warf er mir vor.

Ich weinte ..., konnte nicht glauben, was los war. Das Verhalten meines Vaters schockierte mich. Mir fiel nichts mehr ein.

Der etwas jüngere Mann, der hinten neben mir saß, streichelte unauffällig meine Hand. Ich zog sie sofort weg, ich war schockiert. Doch er ließ nicht locker, kam wieder näher und fing diesmal an, meinen Arm zu berühren.

»Was machst du?«, fragte ich weinerlich und schaute ihn überrascht an. Mit seiner Augenbraue machte er mir Zeichen, dass ich schweigen sollte. Dann streichelte er mein Bein.

»Genug, es reicht! Nimm deine Hand von mir«, schrie ich ihn an. Sofort schützte er sich mit den folgenden Worten: »Ich wollte sie trösten, damit sie nicht mehr weinerlich ist. Ich gab ihr ein Taschentuch. Habe ich etwas Schlimmes getan?«

Jedoch gab es kein Taschentuch, es war auch eine Lüge. Ich wollte so schnell wie möglich aus dem Auto aussteigen und mich von allen entfernen. Er nutzte die Lage meines Vaters aus. Vor Tränen konnte ich die Straße nicht richtig erkennen, aber ich war mir sicher, es war nicht unser Dorf. »Papa, fahren wir nicht nach Hause?«, fragte ich entsetzt.

»Nenn mich nicht Papa. Ich habe von jetzt an keine älteste Tochter mehr. Du hast unsere Ehre in Grund und Boden getreten. Wenn ich dich wieder nach Hause bringe, soll ich verflucht sein!«, spie er hart aus.

Das Gefühl von gelähmt sein kannte ich am Leib nicht, dennoch fühlte ich mich nach den verletzenden Worten meines Vaters wie betäubt.

Es sind die Erfahrungen,
die den Weg des Menschen bestimmen…

KAPITEL 14

Mein eigener Vater war einer von den Menschen, die mich diese Traumata durchleben ließen.«

Er war skrupellos. Ich bettelte im Auto: »Vater, bitte, übergebe mich nicht diesen Menschen. Papa, ich bitte dich, gib mich nicht zu ihnen. Sie haben mir viele schlimme Schäden zugefügt. Es war deine Frau, die dich betrogen und mich übergeben hat. Es ist deine Ehefrau, die dir die Lügen erzählt. Der Mann, dem ich versprochen wurde, ist verheiratet! Du hast meine Zukunft ruiniert!« Ich schrie so laut, dass eine Mauer einreißen müsste. Doch das Herz meines Vaters schien versteinert zu sein.

Wir waren am Ziel. Vor Ferhats Haustür standen die Männer, die Frauen schauten durch das Fenster hinaus. Es war offensichtlich, dass sie auf uns gewartet hatten.

»Ich bin gekommen, um Eure Ehre wiederherzustellen«, sagte mein Vater. Sie hatten mich beschimpft. Ich war in einem miserablen Zustand, aber niemand kümmerte sich darum. Niemand! Mein Vater fuhr einfach los und ich stand unter ihrer Schirmherrschaft. Mein einziger Beschützer war Gott. Außer ihm hatte ich niemanden, bei dem ich Zuflucht suchen konnte.

Egal wie alt eine Person war, diese Art von Grausamkeit war und konnte nicht gebilligt werden. Ich wollte es nicht glauben, was mit mir und meinem Vater geschah.

Nun war ich wieder zurück in diesem schrecklichen Haus, in dem ich diese albtraumhaften Momente erlebte hatte.

Ich war erschöpft, verletzt, hatte sogar meinen Vater verloren. Meine Kraft, Energie und meine Reserven waren zu Ende.

Leyla kam nicht nach unten, ich hatte sie noch nicht gesehen.

»Oh, was ist mit uns passiert, was ist mit uns passiert ...?«, jammerten die Frauen des Hauses immer wieder und schlugen sich auf die Knie. Was mit ihnen geschah oder passiert war, verstand ich nicht. Denn es war mir passiert.

Die Menge zerstreute sich. Die Füchsin stupste mich an und sprach das Sprichwort aus: »Die Bewohner in ihren Dörfern sind die Eigentümer ihrer Häuser.« So zu sagen, ich sollte in meine zukünftige Wohnung gehen.

Gewaltsam brachten sie mich in die Wohnung. Als wäre nie etwas passiert, musste ich in meinen Albtraum zurück. Dieses Mal hergebracht von meinem eigenen Vater. Leyla öffnete die Tür, aber in den Raum einzuziehen, in dem ich gegen meinen Willen entjungfert wurde, weigerte ich mich. Ich protestierte, dann endlich brachte sie mich in ein anderes Zimmer. Es glich einem Lagerraum, es war kein Platz zum Schlafen. »Ich werde es dir morgen herrichten. Schaffst du es eine Nacht in dem anderen Raum zu verbringen?«, fragte sie mich. Hatte ich überhaupt eine Wahl?

Es war drei Uhr nachts, ich war erschöpft, angeschlagen und tief verwundet. Ich schloss die Tür ab. Sobald ich eintrat wurde die Folter, die ich erlebte hatte, vor meinen Augen lebendig.

In dem Bett konnte ich nicht schlafen und legte mich auf den harten Boden.

Zuerst hatte ich Schlafstörungen. »Mama, Mama«, weinte ich. Ich suchte nach den Armen meiner Mutter, ihren Flügeln, ihrem Schutz vor allem ihrer Liebe und Zuneigung. Man merkte, wie verzweifelt ich war, dass ich um Hilfe von meiner verstorbenen Mutter bettelte.

Am Morgen waren meine Schmerzen, die durch die Schläge verursacht worden sind, noch schlimmer geworden, dadurch, dass ich ohne Matratze auf dem Boden geschlafen hatte. Von nebenan hörte ich den Staubsauger. Es konnte nur Leyla sein, aber ich hatte Angst, das Zimmer zu verlassen. So wartete ich ab, bis sie aufhörte zu saugen und rief dann nach ihr: »Leyla.«

»Komm raus, hab keine Angst. Es ist niemand zu Hause außer uns«, bat sie mich.

»Warum hast du mich dort gelassen, warum bist du nicht mit mir zur Polizei gekommen?«, klagte ich sie augenblicklich an. »Sie haben meinen Vater getäuscht, er hat mich verstoßen. Er brachte mich mit seinen eigenen Händen hier her. Es gab Falschaussagen auf der Polizeistation. Warum hast du das zugelassen? Du weißt, dass ich nicht schuldig bin, du siehst es selbst. Bitte hilf mir, dies zu beweisen. Hilf mir, meinem Vater die Wahrheit zu sagen, bezeuge es, dass ich nicht Lüge und unschuldig bin.«

Leyla war die Einzige, die mir helfen konnte.

»Komm, setz dich. Lass uns beim Frühstück reden«, bot sie an und umarmte mich. Sie holte unser Frühstück und den Tee an den Tisch. Leyla sah mich nicht als die zweite Frau ihres Mannes, sondern als Opfer an. Wie eine besorgte ältere Schwester, fing sie an zu erzählen: »Deine Stiefmutter hat dich ruiniert und diese Hexenschwiegermutter hat dich bei lebendigem Leib begraben. Glaube mir, was auch immer mit uns passiert ist, war wegen den beiden. Sie haben dein Leben ruiniert, deine Zukunft zerstört und auch Feuer in mein zu Hause gebracht, glaube mir ... Du nennst ihn immer wieder Onkel. Mein Gott ist Zeuge, er wird dich nicht berühren. Er wird für das, was er getan hat, bestraft, von Reue gequält. Er wird gehen und sich bei der Polizei stellen. Glaube mir, es wird passieren. Ich werde dir bei der Behandlung deiner tiefen Wunden helfen, ich bin an deiner Seite. Wegen dem, was gestern passiert ist, konnte ich dir nicht die Aufmerksamkeit zeigen, die ich dir hätte geben sollen, als sie dich nachts brachten. Vergib mir, wenn ich dich unbewusst auch verletzt habe. Du wirst gerettet, von nun an bist du in guten Händen. Aufgrund des Drucks meiner Schwiegermutter kann ich nicht einmal zum Nachbarn gehen, aber wir werden einen Weg finden, ich werde dir helfen. Er hatte gestern seinem Bruder gesagt, dass wir zur Polizei gehen würden. Daraufhin hat er uns hastig von dort weggefahren. Ferhat war noch angeschlagen, sein Bruder nahm ihn nicht ernst. Ich habe mich daran gewöhnt. Deshalb habe ich gelernt, es zu ignorieren. Du musst dich zuerst ausruhen. Du musst kräftig sein. Glaub mir, jeder wird für das bezahlen, was er getan hat, und sie werden sehr viel bezahlen müssen.

Selbst wenn du deinem Vater dein Herz ausschüttest und nach seiner Barmherzigkeit verlangst, ist dein Ruf hinüber. Sie werden dich nicht im Dorf unterbringen. Ihm ist nur seine Ehre wichtig, seine Tochter ist im egal. Dein Vater schreit laut, dass seine Ehre verloren ist. Anstatt Vater zu sein und dich zu unterstützen, hat er dich mit seinen eigenen Händen hierher zurückgebracht. Yasemin, keiner kann etwas für uns tun. Wir sind daran gewöhnt, niedergeschlagen, geschubst, getreten und gedemütigt zu werden. Schau, ich habe auch keine Mutter. Mein Vater hat nicht geheiratet, ich schwöre bei Gott. Er stand ruhig daneben. Ich war das einzige Mädchen im Haus, meine Brüder haben mich verkauft. Ich kann nicht entkommen, so werde ich all diese Schwierigkeiten ertragen? Die Frage ist, wohin gehe ich, wenn ich gehe? Meine Hände sind gebunden, ich unterwerfe mich hier meinem Schicksal. Glaub mir, ich leide unter der Tortur des Lebens. Du bist noch jung, wenn du versuchst, dein Leben zu retten, ist deine Chance besser. Ich bin hinter dir, Yasemin, hab keine Angst. Komm schon, nimm eine Scheibe Brot. Wer weiß, wie lange du schon nichts mehr gegessen hast. Du musst dich aufrappeln.«

Als Leyla so sprach, blieb ich dort, wo ich saß. Ich fand es auf die eine Weise richtig und auf die andere falsch. Wie sie sagte, gab es im Moment wirklich nichts, was man tun konnte.

Die Gewissensrechnung ist
die schwerste aller Rechnungen…

KAPITEL 15

Fast ein Monat war vergangen. In diesem Monat konnte ich an einer Hand abzählen, wie oft ich Onkel Ferhat gesehen hatte. Es war ein Zufall, wenn wir uns im Korridor, auf der Treppe oder beim Betreten und Verlassen des Raumes begegneten. Selbst als ich ihn ansah, nahm er seinen Blick sofort von mir weg. Nicht ein einziges Mal - ich kann nicht lügen - hatte er mich angeschaut. Er verließ das Haus, wenn ich aufwachte, und kam nach Hause, als ich im Bett lag.

Ich fing an zu tun, was Leyla sagte. Ich hörte nicht auf die verletzenden Worte. Genauer gesagt, ich ignorierte sie. Ich sprach mit niemandem, war nur gezwungen, die gestellten Fragen zu beantworten. Es gab immer noch keine Neuigkeiten von meinem Vater. Von morgens bis abends erledigte ich die Hausarbeiten.

Dank Leyla erhielt ich einen anderen Raum, in dem ich schlafen konnte, der auch abzuschließen war. Immer wieder sagte Leyla zu mir: »Yasemin, sag mir immer, wenn deine Blutung kommt. Lass es meine Schwiegermutter nicht hören. Sonst verlangt sie nach einem Kind.« Sie hatte recht, dies durfte sie nicht mitbekommen. Im Laufe der Zeit gelang es der Füchsin, mich dazu zu bringen, sie „Mutter" zu nennen. Obwohl jedes Mal Tausende Nadeln auf meiner Zunge stachen, musste ich es sagen. Sie brachten mich immer zum Arzt. Sie dachten, ich hätte eine Beziehung mit Onkel Ferhat. Leyla, Onkel Ferhat und ich spielten dieses Spiel zwangsweise mit. »Bist du etwa auch unfruchtbar?«, fragte sie immer wieder.

Mittlerweile waren 15 Monate vergangen. Im Haus war ich ein Dienstmädchen. Sie sagten „komm", ich sprang, sie befahlen „geh", dann ging ich. Ich war ein lebender Toter mit einem gefrorenen Herz und seelenlos. Neun Monate lang hatten sie mich nicht vor die Tür gehen lassen, auch nicht in den Garten. Erst danach ließen sie mich in den Garten, der rund um das Haus führte. Damit ich nicht weglief, ketteten sie mich an den Füßen fest! Wir hatten auch Felder, Weinberge und Gärten. Ich wusste sehr gut, wie man sich von dort aus kultivierte. Hingebungsvoll widmete ich mich der Gartenarbeit. Es war mein Heilmittel, es tat sehr gut.

Eine Frau kann fallen, aber gibt niemals auf!

KAPITEL 16

In der Zwischenzeit hatte meine Stiefmutter ein Kind geboren. Ich kannte Kiraz, meine kleine Schwester noch nicht, ich hatte sie bisher nicht einmal gesehen ...

Eines Tages kam die bittere Nachricht von meinem Vater. Er war gestorben. Sie sagten wegen mir, weil er schlecht über seine Tochter dachte. Der Gedanke schmerzte. »Sie geht, sie geht nicht!«, stritten sie sich laut im Haus darüber, ob ich zur Beerdigung gehen durfte. Ich hatte nicht mitzureden, ich durfte keine Entscheidungen treffen. Deshalb hatte ich jede Entscheidung von ihnen stillschweigend hingenommen. Bei der Nachricht vom Tod meines Vaters, hatte ich nicht viel geweint. Mein Herz war zu dieser Zeit wie versteinert, mein Geisteszustand fraglich. Meine Gefühle waren dem Tode ähnlich. Ich war fast depressiv und am Boden zerstört.

Sie hatten beschlossen, mich zur Beerdigung mitzunehmen. Wir fuhren mit Onkel Ferhat und seinem Bruder. Jeder der auf der Beerdigung anwesend war beschuldigte mich: »Dein Vater bekam wegen dir einen Herzinfarkt. Du hast deinen Vater ins Grab gebracht. Dein Vater ist wegen dir gestorben.«

Ich hörte gar nicht auf ihre Worte, ich war abgestumpft. Meine Stiefmutter warf mir einen Blick zu, aber drehte sich sofort wieder weg. Sie war der Kopf der Schlange. Sie kannte die Fakten, sie war nicht in der Lage, mich anzusehen. Keine Sekunde wollte ich mehr bleiben und verlangte, dass wir zurückfuhren.

Zu Hause erzählte ich Leyla von meinem seelenlosen und emotionslosen Zustand. Sie umarmte mich und sprach mir gut zu: »All dies wird vergehen, glaube mir. Du hast es nicht verdient, so zu leben. Diejenigen, die dich dazu zwingen, werden früher oder später bestraft. Glaub mir früher oder später.« Sie suchte immer Zuflucht bei Gott. Die Liebe Gottes war so tief verwurzelt, dass ihre Augen jedes Mal leuchteten, wenn sie über Gott und die Liebe zu Ihm sprach. Ihr Herz war sehr rein.

Die beste Reparatur eines gebrochenen Herzens;

ist die Art, wie man die Seele berührt.

KAPITEL 17

Ein paar Tage nach der Beerdigung besuchte uns meine Stiefmutter, die vorher nie gekommen war, nicht einmal angerufen hatte. Sofort schrie ich nach Leyla, die augenblicklich herbeieilte. Mein Halbbruder Suat saß still neben ihr. Kiraz hingegen hatte bereits laufen gelernt und hüpfte im Haus herum. Zum ersten Mal seit langer Zeit fühlte ich Wärme in meinem Herzen. Meine Halbgeschwister waren sehr süß. Ich fühlte, dass in ihrer Nähe etwas in mir lebendig wurde. Meine Stiefmutter war nur gekommen, um zu sagen, dass sie schwierige Zeiten durchlebte. Wegen der Kinder verlangte sie meine Hilfe.

Da ich nicht zu entscheiden hatte, berieten sie sich im Haus. Am Ende packte ich für eine Woche meinen Koffer und saß mit meiner Stiefmutter im Auto. Onkel Ferhat fuhr uns in das Haus meines verstorbenen Vaters. Ich hatte Angst, war aber auch aufgeregt, denn ich hatte mein Dorf so sehr vermisst …

Wir sprachen nur wenig auch nur, wenn wir mussten. Onkel Ferhat hatte keinen Respekt vor meiner Stiefmutter, trotzdem sagte er nichts Falsches zu ihr. Beide spielten eine große Rolle bei allem, was mir passiert war. Sie waren beide schuldig, sie wussten das, aber sagten kein Wort.

Onkel Ferhat, der mir beim Sprechen immer noch nicht ins Gesicht sehen konnte, zog mich in ein Zimmer. »Du rufst mich sofort an, wenn was passiert«, redete er auf mich ein und gab mir ein Telefon. Er schrieb seine Privat und Handynummer auf ein Stück Papier. Er erklärte kurz, wie man das Telefon benutzte und welche Tasten ich drücken musste.

»Ich vertraue deiner Stiefmutter nicht, schau, du wirst sofort anrufen, bevor du in Schwierigkeiten gerätst. Morgen werde ich auch Leyla hierherbringen. Komm, ruf mein Telefon zum Test an«, bot er an. Es war das erste Handy, das ich benutzte. Zaghaft wählte ich die Nummer und es klingelte bei Onkel Ferhat. »Okay!«, bestätigte er, dann fuhr er davon.

Nach allem war ich das erste Mal mit meiner Stiefmutter allein. Meine Geschwister schliefen in meinem ehemaligen Zimmer. Es hatte ein paar Veränderungen im Haus gegeben. Ich weinte lautlos, mein Vater war weg. Er starb wegen mir! Der Schmerz war groß, denn er kannte seine Tochter schlecht, ich hatte keine Schuld. »Nur die, die es erlebt hatten, kennen den Schmerz des Verlierens.«

Das Tonband sirrte und schaltete sich aus. Dies war Yasemins erste volle Tonbandaufnahme. Während Yasemin über diesen Teil ihres Lebens erzählte, der tiefe Wunden in ihrem Herzen geschlagen hatte, seufzte sie vor Traurigkeit und schluchzte. Ich umarmte sie. Ihr Kopf ruhte auf meiner Schulter. Es war ein großer Erfolg. Dieser Mann, den sie als Onkel Ferhat ansprach, berührte sie nie wieder. Wenn es anders wäre, würde sie es sicherlich sagen.

Für heute wollte ich das Gespräch beenden und Yasemin willigte ein: »Okay, du hast recht!« Wir hatten nicht gemerkt, dass es bereits drei Uhr nachts war. Die Zeit verging viel zu schnell.

Yasemins großartige Erzählfähigkeit ermöglichte es mir zu visualisieren. Ich konnte mir alles genau bildlich vorstellen. Sie war müde. Nachdem wir abgeräumt hatten, bereiteten wir uns beide fürs Bett vor und legten uns schlafen. Damit Yasemin nicht verschlief und pünktlich zur Arbeit erschien, stellte ich meinen Handywecker ein.

Am Morgen stand ich mit Yasemin auf. Aufgrund von Schlaflosigkeit und Weinen waren ihre Augen leicht geschwollen. Die Kinder schliefen noch. Ich ging in die Küche, kochte Tee, dann bereitete ich den Frühstückstisch vor. »Ich frühstücke morgens nicht, ich bereite den Tisch und die Schultaschen für meine Geschwister vor. Ich mache mich fertig, während sie frühstücken«, erzählte sie mir. Wir hatten wieder etwas Gemeinsames. War es gesund? Natürlich nicht ...!

Wir verabschiedeten uns, dann ging Yasemin zur Arbeit. Nachdem Frühstück halfen mir die Kinder den Frühstückstisch abzuräumen. Anschließend machten wir uns auf den Weg ins Kino, nicht nur die Kinder freuten sich, auch mir tat es gut, selbst wenn es nur ein Kinderfilm war. Nach dem Film trafen wir uns mit Yasemin, die gerade Mittagspause hatte. Sie kam eine halbe Stunde zu spät in die Cafeteria mit der Entschuldigung, dass sie noch Kassetten für das Tonbandgerät gekauft hatte. Es stand noch nicht fest, wann wir uns wiedersehen würden.

So konnte sie immerhin weitere Aufnahmen machen und sie mir anschließend mit der Post schicken. Das war eine gute Idee. Die gemeinsamen Gespräche waren natürlich etwas anderes, aber im Moment war dies eine gute Zwischenlösung. Obwohl wir das Zusammensein genossen.

Yasemin war ständig besorgt darüber, dass ihre Geschwister und sie gefunden werden könnten. Ihre Angst zeigte sie ganz offen. Ihre Adresse war vertraulich, es wurden keine Informationen herausgegeben, selbst wenn sie gesucht wurde. Dies hatte sie durch Gerichtsentscheidung erreicht.

»Bitte, drück deine Ängste nicht vor deinen Geschwistern aus«, flüsterte ich ihr zu.

»Erkläre ihnen, wie sie sich selbst beschützen können, wenn ich bei der Arbeit oder nicht in der Nähe bin«, bat sie mich entschlossen. »Ich habe Angst um meine Geschwister, dass sollen sie wissen. Ich betone: Wir haben niemanden, nur Gott. Natürlich stehen wir unter seinem Schutz, aber mein Herr hat uns ein Gedächtnis gegeben, um es zu nutzen. Meine Geschwister sollen ruhig wissen, dass sie schlecht dran wären!« Dem konnte ich nicht widersprechen, Yasemin hatte recht. Aber ihre Geschwister würden es erst verstehen, wenn sie es ihnen klar und deutlich erzählte, wie es war.

Obwohl Yasemin erst vor fünf Jahren nach Deutschland gekommen war, sprach sie sehr gut Deutsch. Sie war enthusiastisch, entschlossen und fleißig. Wie bereits schon erwähnt, liebte sie das Lesen. Ihr Horizont erweiterte sich beim Lesen. Sie kaufte sogar deutsche Bücher, um sich weiterzubilden.

Nach unserem Ausflug war ich so müde, dass ich mich hinlegte und drei Stunden schlief. Es war nicht meine Gewohnheit, mittags zu schlafen, aber es hatte gutgetan. Erholt wachte ich auf. Yasemin kam mit einer besprochenen Kassette zu mir.

»Ich hoffe, die Fortsetzung wird bald kommen. Lass uns unsere Erzählungen demnächst so fortsetzen«, sagte sie.

Yasemin hatte einen Weg gefunden, ihre Probleme loszuwerden.

Es wurde Abend. Suat, Kiraz und ich wollten kochen. Yasemin und mein Bruder erzählten sich auf dem Balkon Witze. Ihr Lachen drang bis in die Küche. Sogar Kiraz war überrascht. Weil sie noch nie die Gelegenheit gehabt hatte, ihre Schwester so fröhlich zu sehen und so gut kennenzulernen. Während Suat die Zwiebeln schälte - ich erinnere mich sehr gut daran -, sagte er: »Geh nicht bitte, sonst werden wir meine Schwester nie wieder so fröhlich sehen.« Yasemin fand endlich einen Weg, sich zu unterhalten! Zu kommunizieren! Ja, das hast du richtig gelesen. "KOMMUNIKATION!"

Die Yasemin, die nie auf dem Balkon sprechen wollte, damit ihre Nachbarn sie nicht hörten, erzählte meinem Bruder mit aller Freude Anekdoten. Als ich diese Entwicklungen sah, war ich sehr glücklich. Yasemin war sich nicht bewusst, wie viel Freude ins Haus kam. Sogar ihre Geschwister waren sehr überrascht und von diesem Glück betroffen. Während wir in der Küche kochten, scherzten auch wir miteinander. Dieser Moment war sehr wertvoll für mich.

Da wir Sonntag Morgen wieder zu Hause sein würden, beschlossen wir, jede Minute des Samstags zusammen zu verbringen. Am Abend wollten wir uns einen Film ansehen. Der Einkauf war getätigt und wir trafen alle Vorbereitungen. Anschließend setzten wir uns auf das Sofa und sahen uns den Film an. Einige schliefen ein, nur Suat und ich waren noch wach. Aber ich hielt mich nur wegen des Mittagsschlafs noch aufrecht. Sogar mein Bruder schlummerte auf seinem Platz. Als der Film vorbei war, weckten wir die drei auf und schickten sie zu Bett.

Der Morgen war schnell vergangen. Nachdem wir uns verabschiedet hatten, standen wir samt Koffer am Hauptbahnhof. Unterwegs sprachen mein Bruder und ich darüber, wie wunderbar unsere Tage waren. Zu Hause war ich sehr neugierig, was auf der Aufnahme zu hören war. Ich wollte mich sofort damit befassen. Als ich meine Arbeit beendet hatte, machte ich mir einen Kaffee. Wegen des schönen Wetters setzte ich mich auf den Balkon. Ich legte Yasemins Kassette in das Tonbandgerät ein, dann spielte ich es ab. So wie sie es sagte, gab ich es buchstäblich wieder.

»Hallo! Du warst so müde, ich war froh, dass du schlafen konntest. Zumindest kannst du dich ausruhen, es wird dir guttun. Ich sagte zu den Kindern: »Pssst, Nurgül schläft, wenn ihr ein Geräusch macht, werdet ihr sie wecken.« Sie zogen sich in ihre Zimmer zurück, ohne mich zu verärgern. Murat ist auch bei ihnen. Sie spielen das Konsolenspiele, dass er ihnen geschenkt hatte. Die Türen waren geschlossen! Ich nutzte den günstigen Augenblicks und zog mich auf den Balkon zurück. Ich habe nur Wasser, meinen türkischen Kaffee, einen Aschenbecher, meine Zigaretten und mein Tonbandgerät bei mir, die uns miteinander verbinden. Mit deiner Erlaubnis möchte ich dort weitermachen, wo ich aufgehört habe.«

Wenn du dich erinnerst, sagte ich: »In dem Haus meines Vaters, war es das erste Mal nach seinem Tod, dass ich die Gegenwart meines Herzens und meine Gefühle spürte. Genau das war passiert. Nach einem tiefen Atemzug weinte ich. Wie war ich zum Haus meines Vaters gekommen? Mein Vater war tot. Ich war ein lebender Toter und weinte immer wieder darüber, was mit uns passiert war. Wir hatten noch nicht mit meiner Stiefmutter gesprochen. Ich wusste nicht, ob sie verstand, wie es mir ging. Wie auch immer ... Ich konnte meinen Geschwistern auch nicht viel Wärme zeigen. Ich hatte gegen meine innere Welt gekämpft. In diesem Moment war ich sehr beschäftigt mit mir selbst.

Meine Stiefmutter kam nicht zu mir, aber sie folgte mir mit ihren Augen überall hin. Während ich durch die Räume ging und die Gebetsperlen meines Vaters suchte, versteckte ich meine Tränen vor ihr. Er liebte es, sie zu sammeln. Ich fragte meine Stiefmutter, wo sie waren, da ich sie nicht finden konnte. »Es war voll und ich warf es weg!«, antwortete sie herzlos ...

Pfui! Würde eine Person die Gebetsperlen wegwerfen, die ihr Ehemann im Laufe der Jahre angesammelt hatte? Ich erinnerte mich gut, während ich abends fernsah, nahm mein Vater seine Gebetsperlen und reinigte die Steine nacheinander mit einer speziellen Flüssigkeit. Er schätzte seine Gebetsperlen sehr.

Es war nicht meine Absicht, mit ihr in einen Streit zu geraten. Deshalb hatte ich nichts gesagt. Ich meinte, ich hatte es eigentlich nicht beabsichtigt. Dann bat ich um die Fotos meines Vaters und erkundigte mich, ob noch Bilder von meiner verstorbenen Mutter vorhanden seien. Kalt meinte sie: »Als Suat die Bilder sah, verbrannte ich sie!«

Während Yasemin dies beschrieb, war sie sehr nervös und wütend. Es war nicht schwer für mich, diesen Zustand zu verstehen, da ich jeden Ton ihrer Stimme zwischen Punkt und Komma kannte.

»Wie kannst du die Bilder meiner Eltern verbrennen? Was für ein Mensch bist du? Ich kann nicht glauben, was du getan hast. Du kannst kein reines Gewissen besitzen?«, herrschte ich sie an. Ich erinnere mich, dass ich wütend auf sie war. Aber ich kann mich nicht daran erinnern, was sie mir geantwortet hatte.

Nachbarn kamen in unser Haus. Sie zogen mich zu sich. »Was für eine Schande, was für ein Gesicht zeigst du?«, brüllten sie. Obwohl sie mich so sehr beleidigten, hatte meine Stiefmutter nicht eingegriffen. Alles lief sehr schwer für mich, alles was sie sagte war nur: »Sie ist gekommen, um bei Mawlid zu helfen.« Die Leute stritten und meinten es wäre eine Schande... Ich wusste ihren genauen Wortlaut nicht mehr. Ich konnte diese Situation selbst nicht verdauen, sie beleidigten mich in meinem eigenen Heim. Ich fing an, mich mit ihnen zu streiten. Was konnte ich tun? Es war ein Verhalten, das ich nicht ändern konnte. Es war eine Situation, die ich nicht mochte, aber ich musste es nicht ertragen, dass sie mich so behandelten und beleidigten, so zeigte ich ihnen die Tür. Selbst wenn meine Stiefmutter hörte, was los war, war es ihr egal. Sie hatte sich nicht einmal eingemischt, um mir zu helfen. Alles war sehr seltsam.

In dem Haus, in dem ich einst Wärme erlebt hatte, war ein eisiger Wind eingezogen, der mich frösteln ließ.

Die Vorbereitungen der Beerdigung hatten noch nicht begonnen, ich konnte nicht helfen. Ich kämpfte immer noch auf meine eigene Weise. Um mich abzulenken, begann ich durch unseren Garten zu wandern, der unser Haus wie ein Rahmen umgab. Es war, als hätten alle darauf gewartet, dass ich ausging. Direkt stürzten sie sich auf mich und bedrängten mich Mädchen genauso wie die Männer.

Ich war doch die Tochter von Ömer, ich war ein Mädchen dieses Dorfes. Niemand hatte eine Schande von mir gesehen, weil ich keine begangen hatte. Niemand konnte sagen, dass ich unehrlich war. Ich hatte keine Unehrlichkeit begangen. Aber alle behaupteten dies. Diese Leute zogen unschuldige Menschen in den Schmutz. Plötzlich bekam ich wieder Angst und ging ins Haus. Da ich die Tür hinter mir schloss, warfen die Dorfbewohner Steine ans Fenster und pfiffen, was immer sie von mir hielten. Sie gingen um das Haus herum. Sogar verheiratete Frauen schrien: »Guckt euch das kleine Flittchen an, sobald sie kam, wedelte mein Mann hinter ihr her. Sie ließ meinen Mann an ihre Tür kommen.«

Ein liebevoller Mensch erschien ebenfalls. »Schande über euch, wenn ihr euch nicht für eure Menschlichkeit schämt, fürchtet Gott!«, rief er empört.

Eigentlich war es nicht sicher für mich in diesem Haus. Ich dachte darüber nach, ob ich Onkel Ferhat anrufen sollte. Aber, nein, ich musste es aushalten, bis ich hier herauskam. *»Ich muss stark sein, man kann ihm nicht vertrauen. Vergiss nicht! Er hat dir auch Schaden zugefügt.«* So hatte ich nicht angerufen.

Ich ging zu meiner Stiefmutter. »Warum reden diese Leute so über mich? Hast du eine Erklärung für mich?«, fragte ich sie. Sie erwiderte: »Ich wollte nur dein Wohl, also habe ich dich zu ihnen gebracht, ich weiß nicht, wie es dazu kommen konnte«, heuchelte sie. Was sie jedoch erzählte, war eine Lüge, denn mein Vater hatte mir auf der Polizeistation erzählt: »Sie ist verrückt nach dir, es gibt keinen Ort, an dem sie dich nicht gesucht hat.« Diese Aussage war natürlich falsch. Wieder einmal wurde mir klar, dass sie eine Lügnerin war.

Schlussendlich rief ich Onkel Ferhat doch an. Es war zu meiner eigenen Sicherheit. Ich erzählte ihm kurz, was passiert war. »Ich komme, mach dir keine Sorgen, ich bin gleich da«, tröstete er mich das erste Mal. Ich ging weder zum Fenster noch in den Garten. Nach einer Stunde war er endlich da.

»Erzähl meiner Stiefmutter nichts«, bat ich ihn, das tat er auch nicht. Wir zogen uns in einen Raum zurück. Er konnte immer noch nicht wegen des Vorfalls in mein Gesicht sehen. So wenig, wie ich in seins.

Ich erklärte, was passiert war, sagte, dass ich mich nicht sicher und unwohl fühlte. »Mach dir keine Sorgen, ich werde in deiner Nähe sein. Ich möchte, dass du mir vertraust. Aus dem Auto werde ich das Haus beobachten. Dein Vater hat Mawlid, du wirst morgen nicht allein sein. Leyla wird zu dir kommen.

»Nun«, sagte ich zu mir. »Sie treffen sowieso alle Entscheidungen für mich. Sogar die Befugnis ja und amen zu sagen, war nicht meine Entscheidung. Es wurde über mich bestimmt.«

Die Mahlzeiten sollten morgen gemacht werden. Aber wir begannen mit den Vorbereitungen schon über Nacht, indem wir die meisten Dinge vorkochten. Zumindest war ich nicht mehr nutzlos, ich hatte Arbeit zu erledigen. Ich war es nicht gewohnt, untätig zu sein, weil ich immer anfing, das Haus zu putzen, sobald ich aufwachte und mich danach bis zum Abend um den Garten kümmerte.

Er gab mir das Telefon, aber nicht das Ladegerät. Ich wusste nicht, dass so etwas notwendig war. Woher auch? So war der Akku leer, das Telefon ging aus, während ich Onkel Ferhat anrief. »Hast du angerufen?«, brachte ich gerade noch heraus. Stell dir das vor, ich war so unwissend, obwohl ich es liebte zu lesen. Ich wusste es damals nicht besser. Ich fragte meine Stiefmutter nach dem Haustelefon. Sie antwortete: »Ich konnte seine Schulden nicht bezahlen. Ich bekomme Anrufe von außen, aber ich kann nicht mehr anrufen.«

Die Angst bildete sich wie ein riesiger Knoten in meiner Kehle.

Es war Nacht und wir legten uns schlafen. Ich lag im selben Raum mit meinem Bruder Suat auf dem Bodenbett. Das Licht war aus und der Raum dunkel. Vor Sorge und Furcht konnte ich nicht schlafen.

Plötzlich wurden kleine Steine an das Fenster geworfen. Erschrocken schaute ich hoch. Ich hatte keine Möglichkeit Onkel Ferhat zu informieren. Ein Licht blitzte ständig am Fenster auf. Das bedeutete nichts Gutes, daher blieb ich ganz still auf dem Boden liegen.

Alles Mögliche hatten die Dorfbewohner versucht, um mich zu verfolgen. Sie hatten mich sogar am Fenster belästigt. Warum hatten die Dorfbewohner mir das angetan? Ich war enttäuscht und gleichzeitig verängstigt. Obwohl ich zur Beerdigungszeremonie gekommen war und ich meinen Vater verloren hatte, taten sie mir das an! Ich weinte, wegen meines Unglücks und warum die Dorfbewohner mich nicht verstanden. Warum sie mich so behandelten. *Während ich jetzt darüber spreche, bin ich aufgewühlt und verstehe es immer noch nicht. Nurgül, ich bin sicher, du verstehst, wie durcheinander und aufgewühlt ich bin.*

Jahre später verstand ich die Seltsamkeit nie von mir gesprochen zu haben. Nachdem Nurgül dieses Buch aufgeschrieben hatte, wusste ich, dass es eines Tages diejenigen geben würde, die mich hörten und meine Geschichte lesen würden.

Ich war mir dessen sicher und kann Nurgül, die mir dieses Selbstvertrauen gegeben hatte, nicht genug danken. Meine Dankbarkeit nimmt von Tag zu Tag zu. Gut, dass ich sie kennengelernt hatte. Glücklicherweise hatte unser Schicksal auch die Konvergenz unserer Wege ...

Die Menge zerstreute sich nach einer gewissen Zeit. Als die Stimmen aufhörten zu rufen, schlief ich endlich ein. Als ich morgens aufwachte, waren alle schon wach. Die Tür stand weit offen, ich bekam Angst. Sofort schloss ich sie. Als ich meine Stiefmutter fragte, ob sie gehört hatte, was nachts draußen los war, antwortete sie: »Ich höre das, was ich hören möchte und überhöre die Dinge, die ich nicht hören möchte.« Eigentlich gab es vieles, was ich sagen wollte, aber es war die Trauerfeier meines Vaters. So ignorierte ich sie und ließ sie im Raum stehen.

Sie hatten bereits gefrühstückt. Ich wollte die Vorbereitungen so schnell wie möglich hinter mich bringen. »Lass mich gehen«, dachte ich nur. Ständig klingelte das Telefon zu Hause. Meine Stiefmutter ging dran und flüsterte im Nebenzimmer geheimnisvoll. Wie auch immer, die Zeit rückte näher, die Trauerfeier begann. Endlich kam auch Leyla, ich war erleichtert.

Koranverse wurden gelesen, Essen verteilt und die Leute begannen sich zu zerstreuen. Meine Stiefmutter zog mich beiseite. Sie informierte mich darüber, dass sie dringend operiert werden müsste. Aber es gab niemanden, dem sie die Kinder anvertrauen konnte. Suat musste zur Schule gebracht werden, jemand sollte bei den Kindern bleiben. Es war ein Problem, wenn ich blieb, aber auch ein Problem, wenn ich ging. Ich wusste nicht, was ich tun sollte. Als ich flüsternd mit Leyla darüber sprach, antwortete sie mir: »Es ist am besten, deinen Onkel Ferhat zu fragen.«

So fragte ich Onkel Ferhat: »Du kannst nichts tun, sie sind deine Geschwister. Du wirst aufpassen müssen, wer sonst? Wenn du willst, wird Leyla kommen und zwei Tage bei dir bleiben. Du wirst hier nicht allein sein«, bot er an. Er wusste noch nicht von allen Ereignissen, die passiert waren. Ich dachte, er würde es sonst nicht erlauben, wenn ich es ihm sagen würde.

»Helf beim Aufräumen, ich bin draußen«, sagte er und verließ das Haus. Nachdem ich alles blitzblank aufgeräumt hatte, meinte meine Stiefmutter: »Nun, ich werde jetzt mein Koffer packen. Um fünf Uhr morgen früh fahre ich ins Krankenhaus.«

Mir kam es seltsam vor, warum hatte sie das nicht erwähnt? Dieser Vorfall war für Leyla auch sehr verwirrend, aber wir hatten das Problem gelöst. In der Nacht verließ auch Leyla mich und wir legten uns auf unseren Bodenbetten schlafen. Es war ein anstrengender Tag gewesen.

Während ich gerade meine Augen schloss, klingelte das Haustelefon. Meine Stiefmutter hob ab. Wer rief um diese Zeit noch an? Bis heute wusste ich immer noch nicht die Antwort auf diese Frage. Sie redete sehr leise, ich stand auf und ging näher heran. Mit einer Hand bedeckte sie ihren Mund, damit ihre Stimme nicht gehört wurde. Da ich nichts verstand, ging ich zurück in meinen Schlafraum.

Als ich morgens mit meiner Stiefmutter aufwachte und sie bis zum Auto begleiten wollte, bestand sie drauf: »Nein, bleib zu Hause!« Sie wollte nicht, dass ich mitging. Ein Auto hatte hinter dem Haus angehalten. Da der Morgen sehr ruhig war, war jedes Geräusch leicht zu hören. Meine Stiefmutter verließ das Haus mit ihrem Koffer. Ich fragte mich, wer sie abholte und schaute durch ihr Schlafzimmerfenster. Diesen Mann kannte ich nicht. Meine Stiefmutter stieg ins Auto und sie fuhren davon. Bevor sie das Haus verließ, hatte sie die Haare meiner Geschwister weder gestreichelt noch geküsst. Ich fand ihre Abreise sehr seltsam.

Meine beiden Geschwister wachten auf. Zum ersten Mal gehörten alle Verantwortlichkeiten ausschließlich mir, obwohl wir uns untereinander gar nicht kannten. Wir wussten nichts voneinander.

Nach dem Frühstück verließ Suat das Haus, um zur Schule zu gehen. Ich wollte eine gute Zeit zu Hause mit Kiraz haben. Kiraz war noch klein, ich durfte sie nicht vernachlässigen.

Obwohl ich im Haus meines Vaters war, fühlte ich mich nicht wie zu Hause. Ich war wie eine Fremde, ein Gast.

Wie meine Stiefmutter geraten hatte, hatte ich Kiraz gewaschen und das Haus aufgeräumt. Während ich Kiraz Haare flocht, wurden kleine Steine gegen das Schlafzimmerfenster geworfen. Ich hatte Angst, aber ich wollte diese Angst nicht zeigen.

Je mehr ich über diese Angst nachdachte, desto verängstigter wurde ich. Leise sagte ich zu Kiraz, dass sie bitte vorsichtig sein sollte, dass wir hier nicht sicher waren. Am liebsten wollte ich rausgehen, um sie zu verjagen. Aber ich wusste nicht, was mit mir passieren würde, wenn ich rausging. Ich trug jetzt die Verantwortung für Kiraz. Wir bewegten nicht einmal die Vorhänge, damit sie dachten, wir wären nicht zu Hause. Dies war das Beste für Kiraz und meine Sicherheit.

Es klopften Leute an die Tür, sie hämmerten dagegen ... Plötzlich bekam ich Angst, denn da Kiraz noch klein war, machte sie ab und zu Geräusche, die uns verrieten.

»Wir wissen, dass ihr da drinnen seid, öffnet die Tür«, forderten sie. Ein Stein flog gegen die Schlafzimmerscheibe und zerbrach. Voller Angst nahm ich Kiraz in meine Arme. Ich machte ihr immer noch Zeichen, leise zu sein. Die Leute gingen in den Garten. Sie versuchten durch das zerbrochene Glas zu schauen. Zum Glück ließ mein Vater damals Eisenstangen an die Fenster anbringen, so konnten sie nicht hineinkletterten. Aber sie hörten nicht auf, weiter Steine zu schmeißen. Bei jedem Wurf brach ein Stück Glas mehr ab.

Ich konnte buchstäblich hören, worüber sie sprachen, als ständen sie neben mir. Kiraz saß immer noch auf meinem Schoß, ich dachte nicht daran, sie herunterzunehmen. Im Gegenteil, ich umarmte meine Schwester fester. Die Schlafzimmertür war offen. Sie hatten bereits das halbe Glas zerbrochen, noch ein Stück, dann konnten sie sogar den Vorhang öffnen.

Die Frauen schrien laut von hinten: »Die kleine Schlampe fängt an, mit dem Hintern zu wedeln. Sofort sammelten sich die Männer um sie herum. Du hast nur darauf gewartet, dass deine Stiefmutter geht! Du hast das Haus deines verstorbenen Vaters in ein Bordell verwandelt!«

Ich war in großer Gefahr. Warum hatten mich die Dorfbewohner so schwer verurteilt? Wie ein Dolch stachen ihre Worte in mein Herz, es tat sehr weh. Ich weinte wieder, ich konnte niemanden anrufen.

»Wehe! Wehe! Warum passiert das unserem Dorf? Wegen dir gibt es in unserem Dorf keine Ehre. Benachrichtigen wir die Gendarmerie, sagen ihr, dass sie das Haus ihres Vaters in ein Bordell verwandelt hat«, wehten ihre harten Worte zu uns herein.

Meine Verzweiflung wuchs, ich suchte Zuflucht bei meinem Gott. Er war der Einzige, der mich in diesem Moment beschützte und beobachtete. Verächtliche mörderische Menschen standen draußen, die immer noch versuchten, das Schlafzimmerglas vollständig zu zerbrechen, während sie mich schwer verleumten. »Öffne!«, brüllten sie hungrig und gierig. Es gab Männer, die mit ganzer Kraft gegen die Türe schlugen.

Gott wusste, was ich in diesem Moment durchgemacht hatte, und ich war erst vierzehn Jahre alt ... »Seid barmherzig, seid barmherzig«, flehte ich innerlich ...

Yasemin schluchzte herzzerreißend bei der Aufnahme und ich bekam beim Zuhören eine Gänsehaut. Yasemin setze ihre Aufnahme fort. Sie weinte, stieß ihren Schmerz mit Tränen aus, erholte sich und berichtete:

Die Zahl der Menschen rund um das Haus nahm zu. Es waren die Frauen, die die schwersten Beschuldigungen aussprachen. Ich verstand es immer noch nicht und wollte es auch nicht verstehen. Es fiel mir schwer, das zu akzeptieren. Eine Person schien ein Gewissen zu haben, sie sagte: »Schande über die Sünder, wisst ihr, welches Unrecht ihr tut? Verschwindet von hier, an welchem Tagen habt ihr etwas Schlechtes von Yasemin gesehen?« Diejenigen, die so dachten, hatten von Weitem das Geschehene beobachtet. Sie sagten nicht einmal, was sie dachten. Es war eine Tyrannei.

Fast eine Stunde war vergangen. Ich war erschöpft, Kiraz zitterte. Sie war unruhig. Schließlich stand unsere Sicherheit auf dem Spiel. Vor der Tür hatte ein Auto angehalten. Ungläubig starrte ich hinaus, sie hatten tatsächlich die Gendarmerie angerufen, weil ich das Haus angeblich in ein Bordell verwandelt hatte. Es war jedoch eine Lüge. Ich wurde verleumdet. Ich war ein Kind ohne Mutter und Vater in meinem Leben. Viele Steine wurden auf mich geworfen. Was selbst mein verstorbener Vater nach dem Verrat meiner Stiefmutter getan hatte!

Warum sollten es dann nicht auch andere tun?

Es wurde an die Tür geklopft. Zittrig sprach ich durch die Tür: »Ich fürchte, ich kann die Tür nicht öffnen. Können Sie der Menge sagen, dass sie zuerst gehen soll.« »Sie müssen öffnen, öffnen Sie die Tür, lassen Sie es uns nicht zweimal sagen.« Schnell antwortete ich: »Ich werde aufmachen, aber ich fürchte mich, bitte entfernen Sie diese Menge zuerst von meinem Haus.« Daraufhin zerstreute sich die Menge, aber ich konnte immer noch ihre schweren Beleidigungen hören.

So öffnete ich die Tür, nachdem sie erneut geklopft hatten. »Kommen Sie rein, ich muss die Tür sofort wieder schließen«, flehte ich. Anscheinend hatten sie nicht so eine Situation erwartet, denn sie waren überrascht, als sie mich sahen.

Schnell war erklärt, warum sich die Dorfbewohner so verhielten. Ich sagte, dass meine Stiefmutter ins Krankenhaus ging, weil sie operiert werden würde, also blieb ich zu Hause bei meinen Geschwistern. Ich erklärte, dass meine Mutter und mein Vater verstorben waren, berichtete über die Katastrophen, die mir durch die Entführung meiner Stiefmutter und Onkel Ferhat widerfahren waren. Sie unterbrachen mich nicht, so berichtete ich alles von Anfang bis zum Ende. Während drei der Gendarmen mir zuhörten, gingen die anderen beiden nacheinander durch die Räume des Hauses.

Als die Gendarmerie merkte, dass ich unschuldig war, gaben sie ihr Bestes, mir zu helfen. Ich bedankte mich herzlichst.

Sie holten sogar Suat von der Schule ab, die ganze Zeit über hatte ich Angst, dass ihm was passieren würde. Erst als er zu Hause war, beruhigte ich mich.

Endlich kam auch Onkel Ferhat. Ich öffnete die Tür, ich war erleichtert, ihn zu sehen, doch plötzlich schlug er mich in einem unerwarteten Moment mit aller Kraft ins Gesicht. Plötzlich fand ich mich auf dem Boden wider. Ich bedeckte mein Gesicht mit den Händen und war überrascht.

»Ich habe dich doch nicht hergebracht, damit du unter allen Männern des Dorfes liegst? Ich habe dich zur Trauerfeier deines Vaters hergeschickt. Schau, was du angerichtet hast. Du hast mich entehrt! Ich werde nichts mehr von dir erwarten, was auch immer du von jetzt an bist, du bist nicht mehr mein«, schrie er, dabei trat er ständig mit dem Fuß nach mir. Die Gendarmerie griff ein und sie zogen ihn an den Armen von mir weg. Anschließend nahmen sie seine Aussage auf.

Vom Regen in die Traufe. Während ich dieses Schicksal erlebte, war ich gerade 14 Jahre alt geworden. Ich wurde unter dem enormen Gewicht, das auf meinen winzigen Schultern lastete, niedergedrückt. So sollte mein Leben nicht aussehen…

»Yasemin hatte fast drei Minuten lang geweint, obwohl die Aufnahme fortgesetzt wurde. Jedes Mal, wenn ich sie weinen hörte, hatte ich Tränen in den Augen. Während sie dies für mich aufgezeichnet hatte, hatte ich in ihrer Wohnung geschlafen. Wie seltsam das Leben war, wie grausam war das Leben von Zeit zu Zeit. Als ich aufwachte, merkte ich nicht einmal, dass Yasemin in diesen Welten wanderte, und sie erzählte mir nichts. Diese Situation machte mir Sorgen. Wie Yasemin mir gesagt hatte, war es, als würde sie es erneut erleben, was sie durchgemacht hatte. So wie sie es beschrieb, konnte ich mir alles genau vorstellen, als würde ich es miterleben. Alles in meinem Kopf war starr, ich musste es nach und nach verarbeiten. Ich sollte eine Pause machen. Yasemins Leben war sehr schwer und tragisch dazu.«

Nachdem ich mich erholt hatte, hörte ich mir die Aufnahme weiter an.

»Ich erzählte der Gendarmerie, was mit mir passiert war. Erklärte alles, alles, was ich von Punkt bis Komma erlebt hatte. Sie unterhielten sich: »Fahren wir die Kinder in das Waisenhaus oder lassen wir sie hierbleiben?«

»Rufen Sie das Krankenhaus an, ob ihre Stiefmutter wirklich da ist?«, befahl einer der Männer.

Diese Frage war mir nie in den Sinn gekommen. Ich hatte den Gedanken nicht. Warum sollte sie lügen? »Meine Stiefmutter sollte operiert werden, sie ist im Krankenhaus«, bestand ich darauf, als ob ich sie beschütze. Jedoch gab es keinen solchen Patienten mit ihrem Namen im Krankenhaus. Währenddessen wurde Onkel Ferhat aus der Nähe des Hauses weggebracht. Ich wusste nicht, wohin sie ihn brachten. Alles entwickelte sich viel zu schnell.

Ich war verzweifelt und verwirrt, denn ich wollte nicht mit meinen Geschwistern in ein Waisenhaus gebracht werden. Für meine Geschwister und meine eigene Sicherheit fragte ich die Gendarmerie: »Bleiben Soldaten um unser Haus, um uns zu beschützen?« Glücklicherweise wurde es nach langen Gesprächen genehmigt. Zwei Tage wurden Wachen um das Haus postiert. Innerlich hatte ich immer noch die Hoffnung, dass meine Stiefmutter nach Hause zurückkehren würde. Ich musste auf sie warten, meine Geschwister sicher übergeben und meinen eigenen Weg gehen. Ich wollte meine Pflicht erfüllen, denn ich wusste sehr gut, was es bedeutete, mutterlos und vaterlos zu sein. Ich musste warten, damit meine Geschwister dieses Gefühl nicht erleben mussten.

Gegen Abend rief meine in Deutschland lebende Tante an. Ich erzählte ihr, was meine Stiefmutter getan hatte. Wir unterhielten uns ungefähr zehn Minuten lang. Sie sagte, dass sie uns nach Deutschland holen könnten. Ich hatte gehofft, dass meinen Geschwistern und mir eine neue Tür geöffnet wurde.

Obwohl ich mich für einen hoffnungslosen Fall hielt, war ich in diesem Moment glücklich mit dem, was sie sagte. »Wenn deine Stiefmutter nicht kommt, geh zu deiner Tante, die in Ankara lebt. Bleib nicht in diesem Haus. Ruf mich an, wenn du bei deiner Tante ankommst, dann werden wir den Prozess starten.«

Meine andere Tante lebte auch in Deutschland. Sie sagte, sie würde auch mit ihr sprechen. Sie wollte uns irgendwie nach Deutschland bringen. Unser Telefongespräch war sehr gut gewesen. Es war das erste Mal seit Monaten, dass ich ein so hoffnungsvolles Gespräch führte. Es fühlte sich erleichternd an.

Es war Nacht. Trotz der Tatsache, dass wir das Gefühl der Geborgenheit immer noch nicht kannten, fühlten wir uns sicher, weil wir von der Gendarmerie beschützt wurden. Was wäre, wenn sie nicht da gewesen wären? Wer weiß, was mit uns passiert wäre? Gott bewahre! Selbst das Denken war ein Albtraum, denn Gott war unser einziger Beschützter.

Wir hatten eine ruhige Nacht mit einem sehr angenehmen Schlaf verbracht. In gewisser Weise war ich auch froh, dass ich Onkel Ferhat losgeworden war. Aber ich wusste nicht, wohin sie ihn gebracht hatten. »Jeder wird früher oder später bestraft«, sagte ich mir. Mein Bruder Suat war früh von zu Hause zur Schule gegangen. Er war sehr zuversichtlich, aber ich war trotzdem besorgt.

Nur noch einen Tag mussten meine Geschwister und ich warten, dann wussten wir, ob meine Stiefmutter zurückkam.

Wenn nicht, mussten wir unseren eigenen Weg gehen. Als Suat in der Schule war, fragte ich die Soldaten: »Können wir ins Krankenhaus fahren? Kiraz vermisst ihre Mutter sehr, sie weint ständig.« »Ohne die Erlaubnis unseres Kommandanten geht das nicht«, erhielt ich eine Antwort. Sie fluchten: »Was zum Teufel ist mit dieser Frau, die uns und ihren leiblichen Kindern solche Probleme bereitet!« Ich erinnere mich, dass ich sie noch einmal gebeten hatte. Daraufhin fragten sie aus Mitleid nach, ob es möglich wäre meinen Wunsch zu erfüllen. Ich glaube nicht, dass sie in einer anderen Situation auf die gleiche Weise gehandelt hätten. So fuhren wir ins Krankenhaus und ich erkundigte mich persönlich beim Personal nach meiner Stiefmutter. Tatsächlich war sie noch nie in einem Krankenhaus in der ganzen Umgebung gewesen. Vor Wut kochte ich. Sie ist eine Mutter, wie konnte sie ihre Kinder alleine lassen? Es war Zeit, uns unserem eigenen Leben zuzuwenden.

Wieder zu Hause beschäftigten mich ganz andere Gedanken. Die Wut in mir war noch gestiegen. Ich war verzweifelt und bat meinen Gott um einen besseren Weg. Als ich ein Kind war, wurde ich mit zwei Kindern allein gelassen. Ich wollte es nicht glauben. Die ersten Tage waren schwierig, trotzdem musste ich mich an diesen Gedanken gewöhnen. Ich sagte mir: »Du musst geduldig sein! Du wirst warten!«

Ein junger Mann brachte Suat nach Haus. Gott sei Dank, war er da, aber ich war sehr überrascht. Suat weinte! Sobald ich die Tür öffnete, eilte er in sein Zimmer. Der junge Mann fragte: »Bist du Yasemin?«

»Ja, ich bin Yasemin, wer sind Sie?«, erkundigte ich mich.

»Ich bin Suats Klassenlehrer«, antwortete er. Nach der Begrüßung, ließ ich ihn in die Wohnung. Aber er wollte sich nicht setzen. Er erzählte mir, was auf dem Weg zur Schule passiert war, dass sie Suat in der Schule geschlagen hatten und ihn ständig mit schweren Anschuldigungen und Beleidigungen beworfen hätten. Sie fügten ihm sogar Verletzungen zu. In Eile erzählte ich, was sich zugetragen hatte, weshalb uns die Gendarmerie beschützte. Ich machte mir Sorgen, dass dies Suats Noten beeinflussen würde.

»Wenn meine Stiefmutter nicht nach Hause kommt, werden wir wahrscheinlich von hier weggehen«, meinte ich. Der Klassenlehrer war überrascht und verärgert. »Er ist der beste Schüler meiner Klasse. Er ist sehr erfolgreich, klug und fleißig, das wird ihn schwer treffen«, sagte er mir.

Ich war verärgert über diese Situation, aber ich konnte nichts tun. Bevor er ging, bat er uns, ihn anzurufen, wann immer wir Hilfe brauchten und gab uns seine Telefonnummer. Darüber war ich erfreut, wohlwollende Menschen um uns herum zu haben, die sich von denen unterschieden, die nur zu ihrem eigenen Vorteil halfen. Ich hoffte, es würden immer gute Leute um uns herum sein.

Ich sagte mir immer noch: »Eines Tages, du musst bis dahin geduldig sein.« Ich musste meine Geschwister nehmen und gehen. Vor allem zu meiner eigenen Sicherheit und für die Zukunft meiner Geschwister. Die Situation erforderte dies. Eigentlich hatte ich keine andere Option. Der Ansatz von Suats Lehrer gab mir für den Moment Zuversicht. Suat war sauer auf mich wegen der Negativität, die er in der Schule erlebt hatte. Er hatte sein Zimmer noch nicht verlassen, er wollte nicht mit mir reden. Ich war jedoch ein Opfer, kein Verbrecher, auch nicht der Täter. Aber in diesem Alter war es nicht möglich, diese Dinge zu verstehen. Er hatte von seinen Schulkameraden schlimme Worte über mich gehört und wurde deshalb zusammengeschlagen. Darüber war er wütend und dachte über mich nach. Diese Situation machte mich sehr traurig.

Der letzte Tag in meinem Dorf.

Es wurde dunkel, der Abend brach herein. Während ich kochte, standen die Gendarmen immer noch vor der Tür. Auch sie waren hungrig und durstig. »Kommt herein zum Abendessen, meine Brüder«, bat ich sie. Jedoch antworteten sie mir: »Wir können nicht eintreten, wir dürfen nicht.« Ein paar Dorfbewohner, die mich draußen kurz mit ihnen sprechen sahen, fingen sofort an zu hetzen: »Schaut, jetzt wedelt sie mit ihrem Hintern schamlos vor den Soldaten herum.« Weinend ging ich ins Haus, dann bat ich Suat, ihnen Essen zu bringen.

Ich konnte nicht verstehen, warum sie mich so grausam behandelten. Ehrlich gesagt, kann ich es heute immer noch nicht verstehen. Unter ihnen tauchte keine gewissenhafte Person auf, die sagte: »Dieses Mädchen hat keine Sünde begannen, lasst sie in Ruhe.« Diejenigen, die das dachten, sahen nur aus der Ferne zu wie Zuschauer. Ich denke, es ist eine Sünde, über so etwas zu schweigen. Bei einer Ungerechtigkeit, sollte man nicht schweigen.

Als Suat das Essen hinausbrachte, aßen sie. Das erleichterte mich. So setzte ich mich mit meinen Geschwistern an den Tisch, dann aßen wir auch. »Wir sind bis morgen hier, dann gehen wir«, begann ich ein Gespräch, denn sie sollten wissen, was auf sie zukam.

Okay, Kiraz war noch klein, erst drei Jahre, sie wusste nicht, was dies bedeutete. Aber Suat, er war eigentlich ein gesundes und intelligentes Kind, jedoch die sich wiederholenden Negativitäten hatten ihn auch psychisch beeinflusst. Wir sollten Rücken an Rücken uns zur Seite stehen und zusammenhalten. So redete ich nach dem Abendessen lange mit Suat. Er war verärgert und weinte, aber am Ende umarmten wir uns. Immerhin war ich seine ältere Schwester, ich hatte nichts getan, wofür ich mich schämen musste. Diejenigen, die das getan hatten, sollten sich schämen, nicht ich. Ich versuchte ihm das gründlich zu erklären. Natürlich war er kleiner, ich war auch ein Kind, aber damals sah ich mich nicht als solches, denn es gab zu schwere Lasten auf meinen Schultern zu tragen.

Ich habe meine Kindheit vergessen, sogar als Kind war ich erwachsener, als alle anderen Kinder.

Zuerst machte ich Kiraz bettfertig, dann Suat. Er legte sich auf sein Bett, konnte aber nicht schlafen. Ich schaute durch den Vorhang zu der Gendarmerie, die noch im Dienst war. Gott segne sie.

Ich wollte so schnell wie möglich, dass es morgens wurde. In dieser Nacht weinte ich viel, weil ich nicht wusste, was uns der Morgen bringen würde. Wir würden neue Schritte unternehmen, aber ich fürchtete mich davor, da ich nicht wusste, welche. Inständig betete ich zu meinem Gott: »Herr, gib uns, was für uns am besten ist. Für meine Geschwister und für mich, leite diesen Weg mein Herr.«

Am Morgen bestand Suat darauf, zur Schule zu gehen, ich wollte ihn nicht daran hindern. Weiterhin hoffte ich, dass vielleicht meine Stiefmutter zurückkam, trotzdem hatten wir schon alle Sachen in einen Koffer gepackt, um abzureisen. Die Frage war nur, wie kamen wir von hier weg? Es gab kein Auto, es gab niemanden, der uns half, außer Gott.

Eine Stunde später hatte ich mit meiner Tante mütterlicherseits gesprochen, die in Ankara lebte. Ich notierte mir ihre Adressen und andere erforderliche Informationen. »Komm her zu mir, aber allein«, forderte sie. »Komm nicht mit ihren Kindern an meine Tür. Schämen sollte sie sich!« Irgendwie habe ich nichts anderes von ihre erwartet, obwohl für mich das Wort

Tante bedeutete, dass sie in der Not die Mutterrolle übernehmen sollte. Vielleicht hatte ich das auch nur gedacht, weil ich meine Mutter so früh verloren habe.

Ich erinnere mich nicht, wie ich die Nacht vor Aufregung verbracht hatte. Die Soldaten sagten, sie würden bis fünf Uhr abends vor der Tür Wache stehen, danach müssten sie abziehen. Aber mein Bruder Suat war in der Schule und meine Stiefmutter war immer noch nicht gekommen. Ich hoffte und wartete immer noch darauf, dass sie jeden Moment durch die Tür trat.

Hören Sie aufmerksam auf die stillen
Schreie eines Kindes, dessen Leben gestohlen wurde!

KAPITEL 18

Der Klassenlehrer hatte Suat nach der Schule wieder nach Hause gebracht. Er erklärte, dass es ihm sehr leidtäte, denn er hatte in den umliegenden Krankenhäusern nach Suats Mutter gesucht, ohne ein Ergebnis zu erzielen. Er fühlte sich hilflos. Als er über das Waisenhaus sprechen wollte, unterbrach ich ihn sofort und hob meine Stimme an: »Ich passe auf meinen Bruder und meine Schwester auf. Wir haben schon unsere Eltern verloren, dieses Schicksal soll meinen Geschwistern nicht widerfahren.«

Auf einmal umarmte er mich. »Wohin werdet ihr gehen?«, fragte er.

»Meine Tante väterlicherseits lebt in Ankara. Wir werden zu ihnen gehen, sie warten auf uns«, antwortete ich.

»Ich fahre euch, lass mich euch hinbringen, damit ich sicher bin, dass ihr gut ankommt«, bot er an.

Von ganzen Herzen dankte ich ihm, aber lehnte ab: »Wer weiß, was mein Vater meinen Tanten erzählt hat. Unsere Dorfbewohner klatschen und verleumden mich. Ich kann Ihr Angebot nicht annehmen, Herr Lehrer. Aber ich würde mich freuen, wenn Sie uns zum Busbahnhof fahren könnten«, sagte ich.

Der Lehrer hatte der Gendarmerie gesagt, dass er uns mitnehmen würde. Nachdem er mit dem Kommandanten telefoniert hatte, wurde er gebeten, der Gendarmerie ein schriftliches und unterschriebenes Dokument zur Bestätigung, dass er uns sicher abliefern wird. Danach zog die Gendarmerie vor unserem Haus ab. Der Lehrer schlug vor: »Lasst uns auf der Hauptstraße treffen, damit wir nicht den Dorfbewohnern begegnen. Ich könnte es nicht ertragen, wenn Sie wieder beschimpft würden.«

Immer noch lehnte ich seine Hilfe ab, aber er bestand darauf: »Bitte, wie gesagt, ich möchte euch sicher zu eurer Tante fahren.« So parkte er sein Auto in die Nähe des Hauses und wir luden die schweren Koffer ein. Wir vereinbarten die Zeit, wann wir uns am Anfang der Hauptstraße treffen würden, bevor er wegfuhr. Plötzlich war ich sehr aufgeregt, es fühlte sich an, als wäre ich auf der Flucht.

Nachdem ich unsere persönlichen Sachen in unsere Rucksäcke verstaut hatte, öffnete ich die Haustür. Mein Herz schlug schnell vor Aufregung. Ich erlebte sowohl Angst als auch Freude, zwei gegensätzliche Gefühle gleichzeitig. Ich schloss die Tür und schaute ein letztes Mal zurück zum Haus. Es war nicht die Zeit, für Emotionen, ich hätte stark sein sollen.

Fürchte dich nicht, Frau!

Keine Grausamkeit bleibt ungestraft.

KAPITEL 19

Mit unseren Taschen auf dem Rücken gingen wir den kleinen Feldweg entlang. Obwohl mein Herz verletzt war, hielt ich meinen Kopf stolz erhoben. Suat hielt ich mit meinem rechten Arm umschlungen, Kiraz mit meinem linken. So machten wir uns Schritte für Schritt auf den Weg in eine ungewisse Zukunft.

Wir hatten das Dorf noch nicht verlassen. Es waren mindestens dreißig Minuten bis zur Hauptstraße, wo wir den Lehrer treffen würden. Aber trotzdem riskierte ich alles …

»Schaut nicht zurück, bleibt im gleichen Tempo. Egal was passiert, wir setzen unseren Weg fort. Wir werden niemandem antworten. Habt ihr mich gehört?«, fragte ich meine Geschwister entschlossen. Sie nickten und folgten genau meinen Worten.

Ein Dorfbewohner sah, wie wir abreisen wollten, er erzählte einem anderen unsere Abreise. Was würde jetzt passieren? Ich wusste nicht, wie viele Leute kommen würden. Bald würden alle wissen, dass wir gingen. Stur ging ich weiter, ich schaute nicht zurück. »Betet, betet, unser einziger Beschützer ist Gott!«, forderte ich Kiraz und Suat auf, die Angst bekamen. »Habt keine Angst, es gibt keinen Grund. Gott ist bei uns, er beschützt uns. Lasst sie nicht wissen, dass ihr Angst habt«, beruhigte ich sie.

Die Menge hinter uns wuchs. Da ich nicht zurückschaute, wusste ich nicht wie viele Leute hinter uns waren. Vom Gehör her, waren es sehr viele. »Haltet das Tempo bei, wir zeigen keine Angst«, ermahnte ich meine Geschwister. »Betet zu Gott, sucht Zuflucht bei ihm, er wird uns beschützen.«

Sie taten, was ich sagte, mit festem Schritt gingen sie weiter. Ihr Vertrauen in mich, bestärkte mich.

Hinter uns erhoben sich laute Stimmen. Die Kinder des Dorfes rannten zu uns. Es waren nicht nur Kinder, sondern Nachbarn, Ex-Freundinnen und Klassenkameraden waren unter ihnen ... Ich war entsetzt.

»Geht weg von hier!«

»Verschwindet!«

»Du hast unser Dorf befleckt, raus hier!

»Verschwindet!«

»Verlasse unser Dorf!«

Wieder kehrte Yasemin beim Erzählen zu den albtraumhaften Momenten zurück. Ständig wiederholte sie die Beleidigungen, und Verleumdungen, die die Dorfbewohner ihr damals zugerufen hatten.

Die Aufnahme hörte ich mehrmals hintereinander an. Ich hatte Gänsehaut, es war eine sehr beängstigende Situation, die Yasemin unter Tränen erzählte. Ich konnte es nicht begreifen, was sie erlebt hatte, sie waren Kinder, alle drei.

So langsam kamen wir zum Ende der Aufnahme. Vom Weinen hatte sie sich erholt und sie berichtete weiter:

Auch wenn ich weine, glauben mir, meine Absicht ist es nicht andere damit zu verletzen. Ich bin erleichtert, natürlich fühle ich Traurigkeit und Schmerz, aber es tut gut tief in mich hinein zu gehen. Du hast zu mir gesagt, erinnerst du dich? *»SPRICH YASEMIN, SPRICH! Du wirst dich durch Sprechen entspannen. DEINE GESCHWISTER SOLLEN NICHT DIESELBE ZUKUNFT DURCHLEBEN, WIE DU LEBEN MUSSTEST.* Du solltest alles, was es auch sein mag herausbrüllen, was dich innerlich bedrängt. Du wirst dich mit jedem weiteren Wort entspannen. Die Grausamkeiten werden dich verlassen, aber du darfst nicht sinnlos sprechen. Es muss für die Zukunft von Bedeutung sein, was du erzählst. *ES MUSS BEDEUTEND, WERTVOLL UND WICHTIG FÜR DICH SEIN. WENN DU DIE HINDERNISSE VOR DIR ENTFERNST, SOLLTEST DU DEINE VERLETZUNGEN ÜBER DAS SPRECHEN HINAUSLASSEN.*

»Du hast recht, zuerst hatte ich das Gefühl, ein Verbrechen begangen zu haben. Beim Erzählen, wird mein Selbstvertrauen wiederhergestellt und es ist sehr gut für mich. Darüber hinaus war die Idee mit der Audioaufnahme toll. Zumindest je mehr ich mir selbst zuhöre, desto klarer und besser erkenne ich die Ungerechtigkeiten, die mir passiert ist.

Ich denke darüber nach, eine weitere Audioaufnahme zu beginnen, nachdem ich meine Geschwister am Abend ins Bett gebracht habe. Nachdem ich sie aufgenommen habe, sende ich sie dir per Post zu oder vielleicht werden wir uns bald wiedersehen können. Ich bin sehr froh, dass du zu uns gekommen bist. Lass uns dies bitte ganz oft wiederholen. Es war sehr gut für uns alle, es tut mir leid, dass du gehen wirst.Warst du verärgert, dass ich bei den Aufnahmen geweint habe? Wisse jede Träne, die ich vergieße, bringt mir Erleichterung, Trost und Frieden. Ich habe das Gefühl, als würde ich diese unbeschreiblichen Schmerzen herausreißen, die ich durchgemacht habe. In mir ist jetzt eine Leichtigkeit, auch wenn ich mich jetzt etwas müde fühle, war es die Mühe wert. Vielen Dank für alles, ich bin froh, dass du hier bist.«

Als ich Yasemins letzte Worte hörte, atmete ich tief ein. »Zum Glück hast du deine Geschwister nicht unbeaufsichtigt gelassen. Gut, dass du für sie da bist, Yasemin«, sagte ich zu mir. Ehrlich gesagt war ich etwas müde, als ich Yasemins Aufnahme hörte. Es war auch normal müde zu sein, wenn man so viele negative Dinge hörte. Yasemin tat mir leid.

Während Yasemin sich fertigmachte, um ins Bett zu gehen, rief sie mich an. »Meine Geschwister schlafen, seid ihr sicher angekommen?«, erkundigte sie sich. Ich bestätigte mit „Ja", dann erwähnte ich, dass ich mir ihre Aufnahme bis zum Treffen mit dem Lehrer angehört hatte. Sie sagte:»Wenn du Zeit hast, möchte ich dir am Telefon weitererzählen. Ist das für dich in Ordnung?«

»Natürlich, so hätten wir wenigstens dann ein Kapitel abgeschlossen«, erwiderte ich.

»Du hast recht, deshalb habe ich angerufen«, antwortete sie. So erzählte sie weiter:

Die Dorfbewohner hatten uns regelrecht aus dem Dorf vertrieben. Ich wollte nicht glauben, dass Menschen so grausam sein können, so grausam. Es war unfair und verheerend so schlecht behandelt zu werden. Sogar die Kinder rissen Äste von den Bäumen ab, um uns zu verjagen. Ich zog meine Geschwister fest an mich. Es war, als würde die Straße niemals enden, sie wurde immer länger. Wir gingen den Weg direkt zur Hauptstraße. Wir mussten bis zu diesem Punkt geduldig sein, wir mussten die Beleidigungen und Flüche aushalten. Am Dorfende warteten fast 26 Menschen, junge, alte und auch Kinder, auf uns. Wir mussten da durch zur Hauptstraße. Anscheinend kam jeder herangeeilt, der hörte, dass wir das Dorf verließen.

»Was habe ich gemacht? Was denken sie über mich? Was wurde ihnen gesagt, warum verhalten sie sich so?«, fluchte ich innerlich. Waren sie zu blind, um zu sehen, dass ich ein Opfer war? Ich war 14 Jahre alt und litt unter den Fehlern der Erwachsenen. Sie ließen weder mich noch meine Geschwister in Ruhe. Ungefähr zwanzig Meter vor mir richtete eine 45-jährige Frau ihren Schleier auf und zog ihre Tochter zu sich heran.

Sie hielt ihr die Augen mit der Hand zu, damit sie uns nicht sehen konnte. Plötzlich spuckte sie uns an, als wir an ihnen vorbeigingen. Nachdem sie den Anfang gemacht hatte, warfen die anderen Zweige und kleine Steine auf uns. Ich wollte in keiner Weise Streit mit irgendjemandem haben.

Wir waren noch 150 Meter von der Hauptstraße entfernt. Gradlinig gingen wir weiter, unter dem Schutz unseres Herrn. Das Auto war noch nicht in Sicht gekommen, ich war alarmiert. *»Ist er etwa weg?«*, dachte ich. Obwohl ich wegwollte, war ich auch besorgt. Ich hatte Angst, dass sie auch den Lehrer verleumden würden. Kiraz fing leise an zu weinen. Anstatt sie in die Arme zu nehmen, aus Angst sie würde noch mehr weinen, bestärkte ich sie: »Warte Kiraz, warte, noch ein Stück, dann haben wir es geschafft!«

Wenn wir diese Straße hinter uns gelassen hatten, würden wir ein neues Leben beginnen. Meine Beine zitterten stark, genau wie meine Hände und mein Herz ... Ich war in einer sehr schlechten Verfassung.

Endlich sahen wir den Lehrer meines Bruders Suat. Das Auto stand am Straßenrand. »Kommt schon, lauft jetzt!«, ermunterte ich meine Geschwister.

Sobald wir die Autotüren öffneten, sagte ich mit Nachdruck zu dem Lehrer: »Kommen Sie, wir müssen schnell fahren… Alle Dorfbewohner sind hinter uns her.« Schon hörten wir die Beleidigungen und Flüche, die Leute hatten aufgeholt. Sie sahen wie wir in das Auto stiegen und fingen an,

Steine aufzuheben und aufs Auto zu werfen. Suat saß vorne. Als die Windschutzscheibe durch einen Wurf zerbrach, wurde er an der Stirn verletzt und blutete. Die Menge warf weiter Steine und ignorierte, dass ein Kind verletzt wurde. Die Hauptstraße war überfüllt! Gott sei Dank war kaum Verkehr auf der Straße, so konnte der Lehrer schnell losfahren.

Wir waren alle in einem großen Schockzustand. Meine Beine zitterten immer noch, ich fing an zu weinen. Nachdem meine Tränen flossen, fingen Suat und Kiraz auch an. Nach ein paar Kilometern hielt der Lehrer an. »Trinkt etwas Wasser,

atmet langsam, ihr seid gerade in einem großen Schockzustand«, mahnte er uns. Aber ich wollte nicht, dass er anhielt, denn ich hatte immer noch Angst, die Dorfbewohner würden jeden Augenblick auftauchen und uns erneut angreifen.

An der nächsten Raststelle hielt er allerdings wieder an. Ich erinnere mich noch sehr gut daran, wie ich mich mit lauter, hektischer und schüchterner Stimme auf Knien bei ihm bedankte. Er erwiderte: »Schrei im Auto so laut, wie du kannst, du bist hier in Sicherheit. Solange ich bei euch bin, wird euch niemand ein Haar krümmen.« Das letzte Mal habe ich diesen Satz von meiner Mutter gehört. Er war warmherzig, zuverlässig und aufrichtig gemeint. Meine Geschwister und ich waren in Sicherheit.

Nachdem ich das Telefonat mit Yasemin beendet hatten, ging ich ins Bett. Dieses Mal war ich es die weinte. Nachdem ich mich mit der Bettdecke zugedeckt hatte, konnte ich die Tränen nicht mehr zurückhalten. Was für ein Albtraum hatten sie auf der Straße erleben müssen.

Fast eine Woche war vergangen. In der Zwischenzeit hatten wir zwei Anrufe geführt. Wir hatten darüber gesprochen, was wir tagsüber gemacht hatten und über unser Arbeitsleben. Aber ich hatte auch wieder mal erwähnt, dass sie psychologische Unterstützung erhalten musste. »Ich will auch, aber wann? Ich gehe arbeiten und habe meine Geschwister, wie soll das gehen? Wenn dies nicht der Fall wäre, würde ich sofort gehen«, antwortete sie. Wenn sie vom Staat eine Person zugeteilt bekäme, die ihre Geschwister in ihrer Abwesenheit betreuen würde, könnte sie gehen. Aber da war immer noch die Angst, dass der Staat ihr ihre Geschwister wegnehmen würde. Es gab auch andere lustige Gespräche über das Telefon, wir waren vertraut, warmherzig, ehrlich und aufrichtig zueinander.

Nach Feierabend ging ich nach Hause. Während ich die Tür öffnete, erregte in meinem Briefkasten ein dicker Umschlag meine Aufmerksamkeit. Ich wunderte mich, der Umschlag war von Yasemin, gleichzeitig war ich aufgeregt, eine weitere Kassette in Händen zu halten.

Im Gästezimmer setze ich mich auf die Couch, streckte die Füße aus und war bereit, die Aufnahme anzuhören. Ich holte tief Luft, denn ich wusste nicht, welche Grausamkeit mich diesmal erwartete.

Mein Herz fing wieder an zu bluten, nach der Aufnahme mit den Dorfbewohnern konnte ich drei Tage nicht schlafen. Ich hatte eine tiefe Wunde wieder aufgerissen.

Während der Arbeit oder zu Hause, wo ich mich um die Kinder kümmerte, hatte ich keine Zeit, über mein Privatleben nachzudenken. Jedoch sobald ich zur Ruhe kam und meine Geschwister schliefen, waren meine Dämonen zurück. Aber wie du gesagt hast: »Weinen lindert den Schmerz, das Licht wird die Dunkelheit erhellen.« Am vierten Tag stand ich wieder aufrecht.

Es gibt einige Wunden, für die gibt es keine Salben, es können drei Tage, drei Jahre oder 30 Jahre vergehen, sie werden nie ganz verheilen. Das Reden macht es nur erträglicher, das war mir vorher nicht bewusst. Dank dir fühle ich mich erleichtert.«

Wie auch immer, lass mich dort weitermachen, wo ich aufgehört habe. Der Lehrer meines Bruders Suat war sehr still, er war aufgeregt, verzweifelt und verwirrt, denn er konnte nicht glauben, was los war. Im Restaurant bat er mich, ihm alles zu erzählen, was bisher geschehen war. »Du musst mir alles bis ins kleinste Detail erzählen«, forderte er mich auf, es war sein recht! Ich war sehr hungrig, aber wir hatten kein Geld. »Herr Lehrer, Sie haben uns hierhergebracht, aber wir haben nicht einmal eine Lira in der Tasche«, sagte ich beschämt. Über meine Aussage war er erstaunt. »Das ist nicht deine Angelegenheit.

Lass uns beim Essen weiterreden«, bot er an. Gott segne ihn und die ihm ähneln. Unsere Mahlzeiten wurden serviert. Obwohl ich hungrig war, konnte ich keinen Bissen hinunterschlucken. Kiraz schlief in meinen Armen. Suat aß zum Glück etwas. Der Lehrer wartete auf meine Erklärung. Jedoch zögerte ich. Mein Hals war wie zugeschnürt, ich fing an zu weinen. Der Lehrer war wie du, er meinte: »Entspann dich, weine ruhig, wenn nötig.« Genau wie du wartete er geduldig ab, bis ich mich erholt hatte.

In die Stille hinein sagte er: »Lass mich dir ein bisschen über mich erzählen, wenn du willst.« Er behandelte mich nicht wie ein Kind, näherte sich mir wie einem Erwachsenen. Seine Aufrichtigkeit schuf mehr Vertrauen, obwohl ich ihn nicht kannte. Ich dachte, er sei ein gutherziger Mensch. »Ich höre gerne zu«, bat ich ihn zu erzählen.

So begann der Lehrer zu erklären: »Vor ungefähr zehn Monaten wurde ich hierher versetzt. Ich bin in Izmir geboren und aufgewachsen. Ich bin 32 Jahre alt und verwaist wie du. Aber meine Lebensgeschichte unterscheidet sich von deiner, denn ich habe meine verstorbene Mutter und meinen verstorbenen Vater nicht gekannt. Ich hatte nie die Gelegenheit, sie kennenzulernen. Mit neun Jahren kam ich in ein Waisenhaus. Mein Vater war ein Fabrikant und meine Mutter Generalsekretärin. Ich war das Kind einer wohlhabenden Familie, aber leider habe ich keine Geschwister. Die Familienfreunde meiner Eltern suchten im Laufe der Jahre nach mir. Schließlich fanden sie mich. Meine Verwandten adoptierten mich.«

»Wie nennen Sie ihre Adoptiveltern?«, unterbrach ich ihn höflich.

»Natürlich sind es meine Eltern. Sie haben viele Rechte über mich. Sie sind mir viel wert, sie haben mich zu diesem Mann gemacht, der ich heute bin«, sagte er. »Komm, bitte jetzt bist du dran, erzähle mir, was passiert ist.«

So begann ich zu reden: »Ich war sieben Jahre alt, als meine Mutter starb. Mein Vater heiratete zwei Monate später wieder. Wie sie wissen, war ich noch ein Kind.«

»Du bist noch ein Kind«, sagte Suats Lehrer zu mir. Wenn er wüsste, was ich durchgemacht habe, würde er das nicht sagen!

Wie auch immer, ich erklärte ihm eins nach dem anderen, was passiert war. Ich erzählte ihm alles. Mittendrin wachte Kiraz auf, vor ihr wollte ich nicht weitersprechen, so ging sie nach dem Abendessen mit Suat an den Fluss spielen, dann erzählte ich ihm von der Vergewaltigung, die ich durchgemacht habe, bis zu der ungerechten Anschuldigung meines Vaters.

Sein Mund stand offen, er war geschockt. »Was für eine Macht ist das, was für ein Wille, welche Entschlossenheit ist das, die du nach außen strahlst?«, wiederholte er immer wieder. In diesem Moment habe ich gelacht. Er war überrascht, dass ich lachte. Natürlich war er überrascht, ich verstand es selber nicht.

»Nun, was wird jetzt passieren, wie wird dein Leben weitergehen? Hast du Verwandte, Freunde in der Ferne, die du aus der Vergangenheit kennst? Jemanden, der dich aufnehmen kann?« Tief durchatmend antwortete ich: »Ich weiß es nicht! Wir werden zuerst zu meinen Tanten väterlicherseits gehen. Was wir dort erleben werden, was wir erleben müssen, weiß nur Gott.«

Der Lehrer war sehr verärgert und tief in Gedanken versunken. »Es ist nicht dein zu Hause. Es ist besser für dich abzureisen, damit du ein glückliches Leben führen kannst. Du musst vorankommen, andere dürfen dein Leben nicht verschmutzen. Du musst nicht die Sünde anderer auf dich nehmen.

Ich werde mit meiner Familie über deine Situation sprechen. Wenn etwas passiert, ruf sofort meine Familie an! Sagt ihnen dann, wo ihr seid. Sie werden euch von dort abholen.

Jetzt bringe ich dich zu deiner Tante. Ich kann euch nicht am Busbahnhof rauslassen, ich fahre euch zu eurer Tante, damit ich beruhigter bin. So kann ich auch sehen, wie ihr leben werdet. Halte mich über alles auf dem Laufenden«, bat er mich.

Ich bin froh, dass ich mich ihm geöffnet hatte, das Gespräch erleichterte mich.

Nachdem meine Geschwister vom Spazieren gehen zurückkamen, fuhren wir zu meiner Tante. Einerseits begann ich mir Sorgen zu machen, denn ich wusste nicht, was uns erwartete, andererseits war ich aufgeregt.

Zu dieser Zeit dachte ich nicht darüber nach, was ich mit zwei Kindern dieses Alters machen sollte, wie ich sie schützen und wie ich sie großziehen sollte. Vielleicht hätte ich darüber nachdenken sollen, aber ich war ein Kind, das so viele Albträume erlebt hatte, dass ich einfach nich nachdachte.

Das Einzige, was mir auf dem Weg in den Sinn kam, war das ein Wunder geschähen sollte. Ich fragte mich, was uns von nun an erwarten würde, wie unsere Tage aussehen sollten. Ob ich wieder meinem Schicksal überlassen wurde und ob ich mein Schicksal alleine bekämpfen konnte? Ich wusste es nicht! Wenn ich es vorher gewusst hätte: WÄRE ICH NIE DAHIN GEGANGEN?

Suat saß vorne, ich mit Kiraz hinten. Wir fuhren in eine ungewisse Zukunft zu meiner Tante väterlicherseits ...

Das Haus meiner Tante war nicht leicht zu finden, es lag in der Großstadt. Wir waren herumgefahren und hatten Passanten nach dem Weg gefragt. Da ich zum ersten Mal zu ihr fuhr, wusste ich nicht, wo sie lebten. Es sah definitiv nicht nach einem normalen Dorfleben aus, dachte ich. Wir hielten vor einem Slum an. Der Lehrer stieg aus dem Auto und drückte auf die Türklingel. Als meine Tante die Tür öffnete, stieg ich sofort aus dem Auto. Auch mein Schwager kam zur Tür und starrte den Lehrer an. »Entschuldigung, ich habe mich nicht vorgestellt. Ich bin Suats Klassenlehrer und wollte die Drei aus Pflichtgefühl persönlich hier abliefern.« Meine Tante bedankte sich, dann gingen wir alle zusammen in das kleine, enge Haus hinein. Es gab ein Wohnzimmer, ein Schlafzimmer, ein Korridor, eine kleine Küche und ein Bad.

Meine Tante hatte keine Kinder, sie war Putzfrau und mein Onkel Taxifahrer. Beide arbeiteten im Haus einer wohlhabenden Familie. Sofort bot meine Tante dem Lehrer an: »Es war eine lange Autofahrt. Wir können den Tisch vorbereiten, lasst uns zusammen Abend essen.« »Machen Sie sich keine Sorgen, ich habe meine Pflicht getan, ich werde sofort fahren«, lehnte er ab und bat um Erlaubnis. Als er mich ansah, fügte er hinzu: »Ich bin immer für dich da, du kannst mich jederzeit anrufen.« So verabschiedeten wir uns von dem Lehrer.

Frau zu sein, ist in jeder Sprache,

jeder Religion und jeder Rasse gleich!

KAPITEL 20

Nachdem wir den Lehrer verabschiedet hatten, gingen wir alle ins Wohnzimmer. Ich stieß auf Fragen, die ich nicht erwartet hatte. Ihr Verhalten und ihre Herangehensweise waren nicht warmherzig. Es fühlte sich nicht aufrichtig an. Ihre Stimmung und Gesten bedeuteten eher: »Jetzt müssen wir die beiden auch noch aufnehmen.« Ehrlich gesagt war ich traurig über diese Situation. Mein Schwager sagte, er habe etwas zu erledigen und verließ das Haus. Als er wegging, war meine Tante warmherziger und näherte sich uns. Plötzlich umarmt sie uns. In diesem Moment wurde mir klar, dass sie unter dem Einfluss meines Schwagers stand. War sie selbst ein Opfer? »Tante, hast du Angst vor meinem Schwager«, fragte ich sie. »Keine Angst, Nichte, sondern ich respektiere ihn«, antwortete sie. Sie hatte mich wie ein Kind behandelt, ich werde es nie vergessen.

»Tante, ich denke du verstehst die Tragweite des Vorfalls nicht. Du hättest uns nicht hier herrufen sollen, weil du selbst ein Opfer bist. Du hättest dich und uns nicht in diese schwierige Situation bringen sollen«, sagte ich, als würde ich sie zur Rechenschaft ziehen. Ja, sie hätte uns nicht zu sich rufen sollen.

Plötzlich weinte sie: »Was wäre, wenn ich es nicht getan hätte? Du bist die Tochter meines Bruders, hätte ich dich an die Wölfe verfüttern sollen?«

Suat und Kiraz saßen still neben mir. »Wir müssen Suat in der Schule anmelden. Er soll nicht von einer Schule fernbleiben. Ihm darf seine Bildung nicht geraubt werden. Lass uns morgen gehen und ihn anmelden. Ich finde auch einen Job und arbeite, damit ich zum Haus meinen Beitrag leisten kann«, sagte ich. Danach meinte meine Tante: »Dein Schwager wird Suat zu seiner Arbeitsstelle bringen, damit er auch arbeitet.« »Das kannst du nicht machen! Das kannst du nicht mach, mein Bruder wird zur Schule gehen. Ihr werdet nicht mit seiner Zukunft spielen«, widersprach ich. Es gibt nichts Schlimmeres, als sich bilden zu wollen, aber es nicht zu können. Sie legten Steine auf seine Zukunft. Ich bestand darauf, dass Suat zur Schule gehen sollte. »Dein Schwager hat es bereits beschlossen«, erwiderte sie. Ich war in einer komplizierteren Situation, als ich dachte.

"Jetzt musste ich mich einer weiteren Herausforderung stellen?"

»Du kannst nichts tun, du darfst dich nicht vor deinen Schwager stellen und ihm widersprechen. Du musst dich deinem Schicksal unterwerfen. Wach auf, dein Ruf ist im Dorf ruiniert. Bevor es hier bei uns auch noch passiert, musst du dein Glück in die Hand nehmen und heiraten. Dies wäre das Beste für dich. Jetzt trägst du noch die Verantwortung für deine Geschwister. Gewinn deine Ehre zurück ohne dabei noch mehr in Not zu geraten. Anstatt herumgestoßen zu werden, baust du dein zu Hause auf«, meinte sie. Über diese Aussage war ich erstaunt. Ich war keine Frau, ich war ein Kind, und ich war nicht schuld an meiner Lage. Wie schmerzhaft es war, diese Worte zu hören. Jedes Wort, das sie sagte, steckte wie ein Dolch in meinem Herzen. Ich konnte nicht glauben, was meine Tante sagte. »Das kannst du mir nicht antun. Das war nicht meine Schuld, ich habe gelitten. Wenn dies deine Gedanken und Pläne für mich sind, dann gehen wir. Wir haben hier auch keine Unterkunft«, sprach ich aufgebracht. Auf einmal betrat mein Schwager das Haus, er trug eine Tasche in der Hand. Aufgrund dessen, was meine Tante über meinen Schwager gesagt hatte, hatte ich große Angst vor ihm. Ich wünschte, der Lehrer hätte uns zu seiner Familie gebracht. Wie sollte ich ihn anrufen? Sie würden es nicht zulassen.

Mein Schwager benahm sich etwas seltsam, meine Tante rannte fast zur Tür und nahm ihm die Tasche ab, dann ging sie in die Küche. Ich dachte, er war einkaufen. Es stellte sich aber heraus, dass es Alkohol war. Verstört saß ich auf dem Sofa. »Dein Gepäck ist noch vor der Tür, hol es, dann geh in die Küche?«, befahl er mir lachend. »Nein, Schwager, ich habe mich mit meiner Tante unterhalten, ich stehe sofort auf.« »Frauen backen und putzen. Geh und hilf deiner Tante in der Küche!«, herrschte er mich an.

Er nannte mich eine Frau wie meine Tante, ich war ein KIND. Ich war keine Frau, ich war ein Kind. Dieses eine Wort war eine sehr gute Erklärung dafür, wie sie mich ansahen. Aber ich war nicht die Person, die sie sahen. Ich war ein Opfer, alles entwickelte sich gegen meinen Willen. Warum war das so schwer zu verstehen? Hatten sie kein Gewissen, warum waren sie so streng und engstirnig

Während Yasemin diese Episode erzählte, schluchzte sie. Ich hatte das Gefühl, dass meine Knie zitterten, als ich mir die Aufnahme immer wieder anhörte. Mein Herz war verletzt, mein Herz schmerzte. Ich hörte mir die Aufnahme weiter an und sagte, ich hoffe, das Ende nimmt eine gute Wendung.

Verzweifelt und traurig ging ich zu meiner Tante in die Küche. *»Was soll ich jetzt machen?«* Während meine Gedanken umherwanderten, bestand meine Tante darauf, dass ich geschnittene Melone, Feta-Käse, würzige Paste, Glas, Wasser usw. auf einem Tablett herrichten sollte. In der Zwischenzeit briet sie Fisch. »Was machst du mit Marmelade?«, fragte sie. Ich erinnerte mich gut, ich antwortete: »Ich wollte helfen, den Tisch decken.« Denn ich dachte, es gab zum Abendbrot ein schnelles Frühstück. »Das ist für deinen Schwager«, meinte sie jedoch, nahm den Raki aus der Tasche und stellte die Flasche auf das Tablett. »Komm, bring es zum Tisch, beweg dich.« Als ich die Flasche sah, erinnerte ich mich an den albtraumhaften Vergewaltigungsvorfall, den ich erlebt hatte. »Er soll nicht trinken, bitte!«, bettelte ich sie verängstigt an. Sie wurde wütend auf mich und ich flüchtete wieder zu meinem Herrn.

Es war schrecklich für mich, ich wollte nicht einmal mit ihnen im selben Raum sitzen, aber das Haus war zu klein. Meine Geschwister und ich hatten keine Gelegenheit, in ein anderes Zimmer zu gehen, so mussten wir dieselbe Luft wie sie atmen.

Sie saßen am Tisch und amüsierten sich, als wären wir nicht da. Meine Tante trank mit ihm zusammen. Meine Geschwister hatten Hunger und mit der Erlaubnis meiner Tante bereitete ich etwas für uns vor. Nachdem wir unseren Hunger gestillt hatten, bereitete ich unsere Schlafplätze in dem Raum vor, in dem wir uns alle aufhielten.

Je mehr meine Tante und mein Schwager tranken, desto wohler fühlten sie sich. Aber ich fühlte mich furchtbar. »Beiß deine Zähne zusammen, du schaffst es, Yasemin. Morgen rufst du die Familie des Lehres an«, motivierte ich mich. Wir konnten nicht in diesem Haus bleiben, es war ein gefährlicher Ort. Das Licht des Fernsehers flackerte. Ich war sehr müde, aber ich widerstand einzuschlafen. Bevor sie nicht das Zimmer verließen, konnte ich mich nicht hinlegen. Aber sie hatten nicht die Absicht zu gehen, sie waren gut gelaunt und laut, sodass wir kein Auge zu bekamen.

Traurig stand ich auf und schaute in einen Spiegel. Vor Verzweiflung weinte ich, was würde jetzt mit uns passieren, wohin würden wir gehen? Welche Schicksalsschläge konnte ich in diesem Alter noch ertragen? Auf einmal rief mein Schwager laut nach mir, obwohl meine Geschwister schliefen. Warum schrie er?

Nachdem ich mein Gesicht hastig gewaschen hatte, ging ich hinein. Ein seltsames Lächeln traf mich. »Wo warst du, Nichte? Wir vermissen dich, setz dich an unseren Tisch, lass uns reden. Sag uns, was passiert ist«, forderte er mich auf.

»Meine Geschwister schlafen, sie könnten aufwachen! Auch ich bin erschöpft, können wir morgen reden?«, bat ich. Sofort sprang er auf und herrschte mich an: »Appellierst du gegen mich?«

»Nein, Schwager«, jammerte ich.

»Schreibst du mir die Regeln meines Hauses vor, Schlampe!«, schrie er, er packte meine Haare und warf mich zu Boden. Meine Tante sagte nur: »Mann, warum verdirbst du dir deine Stimmung? Amüsiere dich!« Kiraz wurde wach und fing an zu weinen, sie suchte nach ihrer Mutter. Ich stand vom Boden auf und nahm Kiraz in meine Arme. Ihre Schreie schmerzten mich, aber ich konnte nichts tun.

Mein Schwager war immer noch wütend. »Bring sie zum Schweigen, oder ich tu es«, brüllte er. Er hatte Kiraz doch geweckt, was für ein unmenschliches Wesen war er?

Während Kiraz auf meinem Schoß saß, sagte ich leise in ihr Ohr: »Kiraz, ich bitte dich, weine nicht. Beruhige dich meine Prinzessin! Ich bin bei dir.« Angst war im Raum vorherrschend, ein gefährlicher Wind wehte. Ich suchte Zuflucht bei meinem Herrn. Ist unser Herr nicht wie immer unsere einzige Zuflucht?

Mein Schwager murmelte etwas, er hatte zu viel getrunken. Ich hatte Angst ..., er sollte gehen, stattdessen bat er meine Tante, noch ein Glas Raki einzuschütten.

Während ich mir die Aufnahme anhörte, bemerkte ich, dass das Reden Yasemin ermüdete. Hin und wieder machte sie eine Pause. Es war sehr schwer für sie, sich ihrer Vergangenheit zu stellen.

Ich hielt Kiraz in meinen Armen, mein Schwager immer noch im Zimmer. Wie konnte ich mich hinlegen? Vor Müdigkeit lehnte ich mich gegen das Sofa, die Füße hatte ich angezogen. Mit einer Hand deckte ich uns zu, dabei starrte ich ausdruckslos auf den Fernseher. Anstrengung versuchte ich die Augen offen zu halten, denn ich wollte nicht schlafen, wie könnte ich, es waren Menschen im Raum, denen ich nicht vertraute. Ich dachte, diese Nacht würde niemals enden. Ihre Teller waren fast leer, so hoffte ich, sie würden endlich gehen. Tatsächlich, sie befahlen mir den Tisch abzuräumen, dann zogen sie sich in ihr Schlafzimmer zurück. Schnell legte ich Kiraz auf das Sofa. Wie sie es verlangten, räumte ich auf und wischte den Tisch. Als ich das Geschirr spülte, stand plötzlich mein Schwager in der Küche. Ich sprang erschrocken zurück, ich hatte Angst.

»Sei nicht ängstlich!«, flüsterte er leise. Er war mir viel zu nahe, er nahm ein Glas, füllte es mit Wasser und wollte meinen Mund mit seinem Daumen öffnen. »Nein, nein, nein, ich will es nicht«, wimmerte ich. Hastig zog ich den Kopf weg, doch er ließ nicht locker: »Komm, trink ein Glas Wasser, deine Angst wird verschwinden. Warum hast du überhaupt Angst vor mir?«

Er stellte das Glas auf die Theke und zog mich mit der anderen Hand zu sich, damit ich nicht davonlief. Hart packte er meine Schulter, schob mein Kinn hoch und versuchte mir mit dem Daumen den Mund zu öffnen. Nein, das kam nicht infrage. Ich weiß nicht wie, aber irgendwie schaffte ich mich von ihm zu lösen, dann rannte ich ins Wohnzimmer zu meinen Geschwistern. Meine Knie zitterten, mein Herz pochte, als wollte es zerspringen. Neben meinen Geschwistern holte ich tief Luft.

Suat und Kiraz schliefen, ich legte mich schweigend neben ihnen. Mein Schwager machte das Küchenlicht aus, plötzlich war es im Haus dunkel. Nur seine Schritte, das Ticken der Wanduhr und das Geräusch des Ofens erfüllten den Raum. Mein Herz schlug immer wilder. Seine Schritte schienen sich dem Sofa zu nähern, aber ich war mir nicht sicher, weil ich nichts sehen konnte. Ich atmete nicht einmal aus Angst.

Die Schlafzimmertür wurde weder geöffnet noch geschlossen. Mein Schwager war im selben Raum, aber ich wusste nicht, wo. Mit weit geöffneten Augen schaute ich mich um, als könnte ich etwas im Dunkeln sehen. Leise zog ich die Bettdecke höher und hielt sie fest. Plötzlich fühlte ich, dass er direkt neben dem Sofa stand, seine Hand tastete auf der Decke nach mir. »Yasemin?«, raunte er leise. Obwohl ich Angst hatte, war ich auch tapfer, denn ich zischte: »Nimm deine Hand weg, was willst du?« Sofort sprang ich auf und zog die Steppdecke zu mir, als könnte sie mich beschützen. »Okay, schrei nicht, sei leise! Du wirst deine Tante und deine Geschwister wecken«, flüsterte er.

Schlimme Erinnerungen stiegen in mir hoch, so etwas wollte ich nie wieder erleben, ich fuchtelte mit den Händen herum und trat aus, damit er wegging. »Keine Angst, Yasemin, ich war vorhin unhöflich zu dir, ich wollte mich nur entschuldigen. Ich gehe jetzt schlafen«, versuchte er mich zu beruhigen. Er suchte mit seinen Händen nach meinem Körper. Plötzlich wachte Suat auf. »Schwester! Yasemin Schwester!«, rief er nach mir.

Hastig zog mein Schwager seine Hand weg, dann ging er leise in sein Schlafzimmer zurück. »Ja, Suat?«, antwortete ich und fügte hinzu. »Ich bin durstig! Ich hatte Angst, alleine aufzustehen. Komm mit mir Suat, lass uns zusammen in die Küche gehen.«

Damit er nicht sah, wie ich weinte, drehte ich meinen Kopf weg. Nachdem ich das Küchenlicht eingeschaltet hatte, vergewisserte ich mich erst einmal ob mein Schwager auch wirklich weg war. Suat fragte mich: »Schwester, wie viele Tage werden wir hierbleiben müssen, wir werden hier doch nicht leben, oder?«

»Wir werden nicht in diesem Haus leben. Wir können nicht hierbleiben. Sag unserer Tante nichts, wir müssen morgen heimlich einen Weg finden deinen Lehrer und seine Familie anzurufen. Hab keine Angst, ich bin bei dir!« Mein Ziel war es, ihm Vertrauen zu schenken.

Am Morgen weckte mich meine Tante, indem sie mich hastig anstupste. Sie murmelte: »Steh auf, steh auf, es ist morgen, du liegst noch im Bett. So kannst du kein zu Hause einrichten.«

Allerdings war es nicht einmal sechs Uhr, sie haben mich die ganze Nacht nicht schlafen lassen. »Der Besuch ist vorbei, steh auf, wir haben heute viel Arbeit«, drängte sie mich weiter. Ohne Protest stand ich schweigend auf, ich dachte nur daran zu gehen und wollte ihr nicht zeigen, was ich vorhatte. Von ihrer sauren Stimmung von letzter Nacht war keine Spur mehr zu sehen. Vor mir stand eine sehr unsensible, brutale, skrupellose Frau.

»Komm, zünde das Feuer an, stelle das Wasser auf das Feuer. Nimm dir die Teppiche sie müssen gewaschen werden und das Haus muss gefegt werden«, lastete sie mir auf. Müde antwortete ich ihr: »Ich bin gerade aus dem Bett aufgestanden, ich werde mir mein Gesicht waschen, dann erledige ich alles.« »Gibst du mir etwa Widerworte?«, fragte sie. Schon zog sie mir an den Haaren, streife ihre Pantoffeln von den Füßen und schlug mich. Mein Herz tat weh, nicht von den Schlägen, wie konnte sie so unmenschlich sein?

Ich ging ins Badezimmer, ich wollte nicht weinen, daher biss ich die Zähne zusammen. Ich musste durchhalten und sagte mir, sei stark, das Ende ist nahe, du wirst auch hier rauskommen.

Meine Tante weckte Suat auf. Um meine Hilflosigkeit nicht zu zeigen, tat ich so, als wäre nichts passiert. »Hat meine Tante dich geschlagen?«, erkundigte er sich. Schnell umarmte ich ihn. »Behalte Kiraz im Auge, ich bin bei dir. Wir drei sind von nun an ein Team, du, Kiraz und ich. Wenn wir drei eins sind, kann uns niemand wehtun. Wenn wir nicht zusammenhalten, sind wir verletzbar. Ich werde eine Gelegenheit finden, um heute deinen Lehrer anzurufen. Mach dir keine Sorgen, das schaffen wir auch«, beruhigte ich ihn.

Es war zwischen 8.00 und 8.30 Uhr, wenn ich mich nicht irrte. »Ich bringe Suat auf den Markt, er trägt die Einkäufe für mich. Wir werden auch einen Arzt aufsuchen, um ein Rezept zu holen. Wir kommen danach wieder. Du hast den Haushalt fertig, bis wir wiederkommen. Brüh Tee auf und bereite den Frühstückstisch vor!«, befahl meine Tante barsch.

»Können wir nicht auch mitkommen, damit wir die Gegend sehen und kennenlernen? Wir möchten sehen, wo wir leben werden«, bat ich. »Es ist jetzt nicht die Zeit, mit dem Hintern zu wedeln, du beendest hier erst mal den Haushalt«, blieb sie hart, aber ich wollte nicht mit meinem Schwager allein zu Hause bleiben. Er hustete und hustete, er schien wach zu sein, aber noch im Bett zu liegen.

Buchstäblich flehte ich meine Tante an, uns mitzunehmen, damit ich nicht allein mit ihm zu Hause blieb. Ich hatte nicht einmal gesagt: »Mit dem Hintern zu wedeln, passt nicht zu mir«, weil die größte Gefahr sich im Haus befand, in ihrem Schlafzimmer. Aber wie sollte ich das zu ihr sagen? Sie war schon ein Mensch, der negativ über mich dachte. Sie würde mich verleumden, wie alle anderen es taten. Obwohl ich ein Opfer war, würde ich wieder die Schuldige sein.

Meine Tante und Suat gingen ohne uns. Ich gab Kiraz Milch, während sie trank, spielte sie ahnungslos. Mein Schwager wachte auf und ging zur Toilette. Hastig bereitete ich das Frühstück in der Küche vor. Plötzlich stand er hinter mir. »Guten Morgen, Yasemin«, begrüßte er mich mit halb geschlossenen Augen, dann ging er zum Kühlschrank. Es sah aus, als hätte er immer noch einen Kater. Er nahm die Flasche Alkohol heraus, die er gestern gekauft hatte, und stellte sie mit einem Knall auf die Theke.

Dieses Geräusch erschreckte mich, panisch folgte ich ihm mit meinen Blicken. Er nahm ein Glas vom Regal und füllte es fast bis zum Rand auf. »Sag deiner Tante nichts«, sagte er und trank das ganze Glas in einem Zug aus, dann füllte er sein leeres Glas erneut randvoll. Ich war so geschockt, dass ich nicht wusste, was ich tun sollte. Kiraz saß vor dem Fernseher. Die Küche war winzig und vor den Fenstern befanden sich Eisenstangen. Mein Schwager stand direkt neben der Theke. Ich behielt die Tür im Auge, während ich die Frühstückszutaten auf das Tablett legte. Bei der geringsten Bewegung in meine Richtung würde ich aus der Küche laufen. Das Tier trank den gesamten Glasinhalt in einem Zug aus und füllte es erneut randvoll.

Diesmal war mein Schwager noch betrunkener als gestern. Er ließ den Glaskrug einfach fallen, der zerbrach. Fieberhaft suchte ich nach einer Fluchtmöglichkeit, während ich die Scherben aufsammelte. Als ich auf meinen Knien herumrutschte, packte er mich am Arm, um mich hochzuheben.

»Was zum Teufel machst du? Ich mag es nicht, wenn man mich anfasst, fass mich von jetzt an nicht mehr an. Fass mich nicht an, tu mir nichts an, was ich nicht mag!«, schrie ich. Schnell hob er die Hände und sagte: »Okay, okay, sei nicht böse auf mich, Yasemin, sei nicht böse auf mich.« Hastig verließ ich die Küche und rannte zu Kiraz. Mein Schwager trank einfach weiter Raki ohne Pause. Meine Schwester trug noch ihren Pyjama. Während ich sie anzog, hörte ich wie die Außentür zugeschlossen wurde. Ich schaute vom Wohnzimmer zur Außentür. Mein Schwager hatte abgeschlossen und zeigte mir den Schlüssel. »Warum hast du die Tür abgeschlossen? Öffne die Tür, mach die Tür auf, öffne sie, öffne die Tür, warum hast du sie abgeschlossen?«, brüllte ich aufgebracht. Immer und immer wiederholte ich mich vor Angst. Panisch schaute ich zu Kiraz, die von nichts wusste, die immer noch darauf wartete, dass ich sie anzog. Ich war nervös, jeden Moment konnte etwas passieren.

Ich weinte vor Verzweiflung.

Plötzlich wurde ich auf meine Tante wütend, bin es immer noch. Kannte man nicht den Lebensgefährten, Freund, Ehepartner, mit dem man das gleiche Bett teilte? Wie konnte sie mich mit ihm allein lassen? Es war nicht einmal möglich, aus den Fenstern zu kletter. Überall waren Eisenstangen befestigt. Wieder war ich ein Gefangene, ein Opfer.

Mein Schwager betrat betrunken das Wohnzimmer. Kiraz bekam Angst vor ihm. Ich war in Alarmbereitschaft und gab vor, auf den Fernseher zu starren, dabei folgte ich jeder seiner

Bewegungen, um mich selbst und Kiraz zu schützen. Meine Tante konnte jederzeit kommen. Vielleicht würde sie mich noch einmal schlagen, weil ich nicht getan hatte, was sie verlangt hatte. Aber vor Angst konnte ich mich nicht bewegen. Still betete ich zu Gott.

»Schwager, draußen brennt das Feuer, meine Tante hat mir befohlen, das Wasser zu erhitzen. Wenn ich es nicht erhitze, wird sie wütend auf mich sein«, versuchte ich ruhig zu sagen.

»Was ist mit deinem Gesicht passiert?«, fragte er.

»Was ist in meinem Gesicht?«, erkundigte ich mich.

»Geh und schau in den Spiegel, sieh selbst«, meinte er.

Als ich ins Badezimmer ging und mich im Spiegel betrachtete, sah ich eine Schwellung auf meiner Stirn, eine leicht blutende und getrockneter roter Streifen befand sich neben meiner Augenbraue und ein bunter Fleck auf dem oberen Teil meiner Wange. Ich hatte auch Beulen am Schädel. Als ich die Schlagspuren auf meinem Gesicht sah, fuhr ich mir mit der Hand über den Kopf und spürte die Schwellung. Ich hatte zwar Schmerzen, aber nicht gedachte, dass ich so schlimm aussah, ich blutete sogar noch. Als ich mir die Spuren ansah, wurde ich noch entschlossener. »Wir müssen hier raus!« Nachdenklich sah ich zur Tür, da trat er gerade in das Bad. Erschrocken fuhr ich zusammen. »Öffne bitte die Tür, Onkel, mach die Tür auf!«, flehte ich ihn an. Ohne mich zu beachten, drängte er weiter zur Spüle. »Ich möchte hier raus! Lass mich raus!«, schrie ich.

Vor mir stand ein riesiger, stämmiger Mann und ich war ein 14-jähriges Mädchen ... Alle meine Versuche waren vergebens. Es war sehr klein und beengt im Raum. Er schob mich vor den Wasserhahn und drehte das Wasser auf, ich widerstand ...

»Ich wasche dein Gesicht, geh runter zum Wasserhahn!«, sagte er. »Ich mache das, bitte lass mich hier raus, bitte!«, bettelte ich. »Warum hast du Angst vor mir? Warum geratest du so in Panik?«, fragte er mich.

»Lass mich gehen, mach mir Platz, geh!«, protestiert ich und drückte mit meinem ganzen Körper gegen ihn.

Natürlich reichte meine Kraft nicht, er neigte einfach meinen Kopf zum Wasserhahn, als wäre sein Verhalten, richtig. Ich war verdammt.

Gewaltsam wusch er mir mit einer Hand drei- oder viermal hintereinander das Gesicht, dann packte er in meine Haare und hob meinen Kopf an. »Schau in den Spiegel, Yasemin«, forderte er mich auf.

Vor Weinen konnte ich nicht in den Spiegel schauen, weil ich dieser Situation meinen Zustand, was ich durchmachte, nicht sehen wollte. Obwohl er darauf bestand und gewaltsam mein Kinn anhob, konnte ich nicht in den Spiegel schauen. Kiraz war nebenan allein, meine Tante ging mit Suat zum Markt und ließ mich mit diesem Monster zu Hause. In diesem Moment gingen mir alle möglichen Szenen durch den Kopf. Ich wehrte mich und kämpfte immer noch gegen ihn. Er hielt meine

Haare noch fester und zog gnadenlos, sein Körper drückte mit aller Kraft gegen mich. Egal wie hart ich kämpfte, ich konnte nicht gewinnen. Ich fing an zu schreien: »Lass es! Lass mich!«, aber es half nichts. Er hielt meine Hände fest hinter meinem Rücken. »Lass los, Schwager, ich bitte dich, lass mich gehen!«, brüllte ich unter Tränen. Er bedeckte meinen Mund mit einer Hand, während er weiter mit seinem Körper drückte. Ich konnte seine Haut und seinen üblen Atem fühlen. Ich war wieder in der gleichen Situation, war wieder das Opfer, ich wurde wieder vergewaltigt. Obwohl er meinen Mund hielt, damit meine Stimme nicht gehört wurde, gab ich den Widerstand nicht auf. Aber was nützt es, ich wurde Vergewaltigung. Mein Schwager vergewaltigte mich ...

Kirazs weinende Geräusche drangen von draußen zu uns hinein. Meine ungehörten Schreie wurden bei der Vergewaltigung von den Händen meines Schwagers unterdrückt. Die Tür des Hauses war ebenfalls verschlossen, dann hörte mein Weinen auf, ich war wie erstarrte ...

Weder Schmerz noch Herzschmerz fühlte ich, mein Gott. An diesem Tag war ich gestorben! Mein Tod war an diesem Tag. Mein Schwager zog seinen Schlafanzug hoch, nachdem er fertig war und verließ das Bad. Ich ließ mich erschöpft fallen, wo ich war, ich brach zusammen. Ich war am Boden zerstört und konnte mich nicht erheben, auch nicht, als die Außentür geöffnet wurde, ich konnte mich nicht bewegen. Kiraz weinte weiter, sie konnte weder zu mir kommen, noch konnte ich Kiraz erreichen ...

Ich weiß nicht, wie ich diesen Sturz, den ich erlebt hatte, beschreiben soll. Heute kann ich sagen, es war ein Schock, ein totaler Zusammenbruch. Meine Gefühle sind weg, meine Gefühle sind tot, wie war ein lebender Toter. Wie kann diese Situation erklärt werden? Die Fähigkeit zu weinen, zu schreien, Schmerzen zu haben ... Ich hatte das Gefühl, alle meine Gefühle verloren zu haben. Ich hatte sogar die Kraft verloren, ihm danach zu widerstehen. Möge Gott diese Tage mich nicht wieder erleben lassen. Wenn dies heute der Fall wäre, würde ich ihn verletzen und das Haus verlassen. Oder wäre eilend zum Nachbarn gelaufen, ich würde schreien. Ich werde nie vergessen, dass ich erstarrt war, ungefähr eine halbe Stunde saß ich einfach nur still auf dem Boden und hatte mich auf einen einzigen Punkt konzentriert. Wie könnte ich diese Szene vergessen, wie?

Meine Tante würde jeden Moment kommen, ich hätte aufstehen sollen, tief Luft holen und ihr alles sagen sollen. Ich sah in den Spiegel und wollte ihn voller Wut zerschmettern. Ich hasste diese Person im Spiegel, ich hasste es, ein Opfer zu sein. Ich stand meinem Schicksal immer und immer wieder gegenüber. »Warum, warum, warum?«, schrie ich vergebens. Alles war leer ... Mit meinen Schreien brachte ich Kiraz zum Weinen.

»Ich hätte mich beherrschen sollen!«

Ich musste mich zusammenraffen, um nicht auseinanderzufallen. Meine Geschwister waren jünger als ich. Wenn ich jetzt nicht eingriff, was würde dann passieren, welche weiteren

Katastrophen kämen auf uns zu? Als ich dieses Mal in den Spiegel schaute, weinte ich nicht mehr.

Voller Ehrgeiz und viel Kraft trat ich aus dem Badezimmer. Meine Wut war grenzenlos, ich werde kämpfen. Sofort eilte Kiraz zu mir, als sie mich sah. Ich hatte einen Bruder und eine Schwester, die mich brauchten, ich konnte nicht schwach sein. So machte ich Kiraz fertig, obwohl ich unter Schock stand, nahm ich die Koffer heraus und packte. Bis meine Tante und Suat zurückkehrten, wollte ich fertig sein. Dieser Bösewicht, dieses Biest, hatte das Schlafzimmer nicht mehr verlassen, nachdem er mich vergewaltigt hatte. Es war mir auch egal, ich habe alles riskiert, alles. Wirklich alles …

Als Suat und meine Tante kamen, standen unsere Koffer draußen vor der Haustür und ich wartete auf sie. Suat hatte zu viel Gewicht in den Händen, er konnte kaum laufen. Schnell rannte ich zu ihm, um ihm die schweren Lasten abzunehmen.

Als sich unsere Blicke trafen, war ich mit meiner Tante auf Augenhöhe. »Bist du wirklich meine richtige Tante?«, erkundigte ich mich.

»Natürlich, was bedeutet das? Ich bin deine leibliche Tante! Schau dir dein Gesicht an. Komm rein, willst du mich vor den Nachbarn blamieren?«, fragte sie. »Wir gehen nicht rein, wir gehen«, antwortete ich bestimmend voller Entschlossenheit. Ich war in einem elenden Zustand. Ich war in der Lage, alles zu tun. Alles!

Meine Tante kam nicht einmal zu uns, als meine Mutter noch lebte. Ich fragte meinen Vater, bevor er meine Stiefmutter heiratete: »Warum kommen meine Tanten nicht zu uns?«

»Sie verstehen sich nicht. Deine Mutter war gutherzig, sie litt sehr unter deiner Tante. Eines Tages, sagte ich, es reicht. Sie dürfen nicht mehr kommen«, gab mein verstorbener Vater mir damals zur Antwort.

»Wer ins Meer gefallen ist, umarmt eine Schlange um zu überleben!« Dieses Sprichwort war wirklich so, als wir zu meiner Tante gingen. Ein schönes und passendes Sprichwort. Als ich ihr das sagte, warf sie uns wütend aus dem Haus.

Schweig nicht;
Schweigen gilt als Annahme.
Sei nicht still!

KAPITEL 21

Ich hatte nicht einmal darüber nachgedacht, wohin wir gehen würden, was wir jetzt tun sollten. Wir waren einfach erleichtert. Wir mussten so schnell wie möglich mit diesen schweren Koffern Schutz suchen und ein Telefon finden, nur wo? »Von hier kommst du zum Markt, Schwester«, sagte Suat, der ein gutes Gedächtnis hatte.

In meiner Tasche befanden sich ungefähr 20 Lira, wir mussten telefonieren und auch etwas essen. So betraten wir ein kleines Restaurant. Unser Zustand war sehr auffällig, in meinem Gesicht waren überall Wunden, an meiner Hand hielt ich unsere Koffer und zwei kleine Kinder. Während wir unsere Suppen tranken, kam ein alter Mann an unseren Tisch. »Kinder, gibt es ein Problem? Wie sieht ihr aus? Ihr seid nicht von hier, seid ihr grade angekommen?«, fragte er uns. Suat bat mich: »Erzähle es ihm Schwester!«

»Onkel, kann ich dein Telefon benutzen?«, bat ich ihn. »Natürlich mein Kind«, erwiderte er. »Schaut, meine Kinder, ihr seid in Schwierigkeiten, offensichtlich habt ihr ein Problem, ich könnte euer Großvater sein, zögert nicht. Ich bin dauerhaft aus dem Ausland zurückgekehrt. Ich bin im Ruhestand und verweile im Restaurant meines Enkels. Meine Frau ist gestorben, ich habe Mal gute und Mal schlechte Tage mit meinen Enkelkindern. Komm, zögert nicht, erzählt mir euer Problem. Aber wenn ihr wollt, ruft zuerst an.«

»Während der ältere Herr das Telefon brachte, sprachen wir darüber, dass er ein guter Mensch sei. Wie danken wir unserem Herrn? Der alte Onkel ließ uns nicht alleine, auch nicht, als ich die Nummer des Lehrers anrief und mit ihm sprach. Ich erzählte ihm alles, aber nicht von der Vergewaltigung, ich konnte es nicht. Als ich ihm die Adresse von dem Restaurant gab, ermahnte er uns, dort nicht wegzugehen, bis seine Familie kommen würde.

Sofort rief der ältere Herr, nachdem ich aufgelegt hatte: »Bestückt den Tisch reichhaltig für die Kinder.« Auch nachdem ich protestierte, dass wir das nicht verlangen könnten, ließ er nicht locker: »Isst, meine Kinder, zögert nicht.« Es war mir sehr peinlich, aber wir waren hungrig, um ehrlich zu sein. Es war Mittag und wir hatten das letzte Mal am Vortag zu Abend gegessen.

Nach etwa 20 Minuten rief der Lehrer das Restaurant an. Sie brachten mir das Telefon. »Yasemin, halte deine Geschwister im Auge, aber geh jetzt ein wenig von ihnen weg«, bat er mich. So tat ich, was er sagte. Nach ein paar Fragen, die er stellte, fing ich an zu weinen. Seine Fragen waren endlos, und ich wartete nicht, bis er fertig war und sprach es aus: »Mein Schwager hat mich vergewaltigt!« Es herrschte Stille. Während ich dachte, niemand außer Suats Lehrer könnte mich hören, hatte mich der alte Herr gehört. Ich fing an zu weinen, meine Knie zitterten, sie hörten einfach nicht auf.

Vor meinen Geschwistern tat ich, als wäre ich stark, jedoch war ich am Ende. »Yasemin, ich komme, mach dir keine Sorgen, du bist nicht allein. Wir werden eine Strafanzeige einreichen.

Es gibt das Gesetz, es gibt das Gesetz, vertraue dem Gesetz! Niemand kann jemanden mit Gewalt haben. Du bist nicht allein. Meine Familie kommt bald zu dir«, versprach er. »Geht nicht dort weg, isst euer Essen.« Nachdem ich aufgelegt hatte, sprach der ältere Herr zu mir: »Ich hatte das Gefühl, dass etwas nicht stimmt, mein Kind« Mein Kopf war zum Tisch geneigt, ich konnte nicht antworten und wartete auf die Familie des Lehrers.

Als ich dachte, wir wären gerettet, fing ich an, am Tisch zu weinen. Ich vergoss schweigend viele Tränen, damit die anderen meine stillen Schreie nicht bemerkten. Aber ich war es leid zu weinen, nur was hätte ich sonst machen sollen.

»Von jetzt an bin ich dein Großvater! Komm wann immer du willst, dass gehört jetzt dir«, sagte der alte Herr traurig. Ein Paar kam herein und sah sich um. Ich fragte mich, ob sie es waren. Das Paar kam mit drei Kindern an unseren Tisch. Sofort standen wir auf.

Mit lächelndem Gesicht fragte sie mit ihrer warmen Stimme: »Yasemin?« Zittrig antwortete ich: »Ja, ich bin Yasemin.«

»Suat, hallo mein Kind, wie geht es dir?«, fragte sie Suat. »Mir geht es gut, danke«, sagte er verwirrt. Der Herr im Anzug ist sehr höflich und sanft. »Bitte setzen Sie sich, isst weiter. Stören Sie Ihren Komfort nicht. Setze dich auch meine Liebe. Ich bitte den Fahrer für unser kleines Zuckermädchen den gesicherten Kindersitz aus dem Kofferraum zu holen«, erklärte er.

Ihre zuverlässige, ruhige, herzliche und aufrichtige Art erleichterte mich. Die Schönheit ihres Herzens spiegelte sich in ihren Gesichtern wider, und sie waren sehr gepflegt und vornehm. In diesem Moment schämte ich mich ein wenig für meine Aufmachung.

»Wenn du nicht mehr isst, werde ich sie den Tisch abräumen lassen. Gute Zeiten warten auf uns«, sagte er. Ich kannte nicht einmal ihre Namen und ich wusste nicht, wie ich sie nennen sollte. Ich war verlegen und zögerte. Wenn wir uns unter verschiedenen Umständen getroffen hätten, hätte ich mich ihnen so herzlich und aufrichtig nähern können, wie sie es verdient hatten. Die Situation war aber anders. Zu viel war geschehen.

Der ältere Herr hatte sich für uns sehr gefreut, zum Abschied sagte er herzlich: »Möge es meinen Enkeln gut gehen. Kommt wieder, vergisst nicht, was euer Großvater gesagt hat«, sagte er und verabschiedete sich. In der Zwischenzeit wurden unsere Koffer in ein Auto eingeräumt. Kiraz erhielt einen speziellen Kindersitz. Bevor wir ins Auto stiegen, war klar, wie nachdenklich, sensibel und fürsorglich unsere Sicherheit war. So fühlte ich mich und meine Geschwister endlich sicher.

»Ihr werdet euch wohlfühlen. Eure Zimmer werden jetzt hergerichtet. Wenn wir nach Hause kommen, wird es bis dahin fertig sein. Zuerst besichtigen wir das Haus. Ihr werdet sehen, was wo ist. Schaut Mal Kinder, ihr habt schlechte Tage überstanden. Wir müssen als Team zusammenarbeiten und für eure Gesundheit, euer Glück und euren Frieden sorgen.

Wir werden ein Team sein. Nur dann können wir Hand in Hand in Richtung Frieden gehen. Zu Eurer Information, unsere Familienfreunde werden am Abend aufgrund der negativen Erfahrungen, die Ihr erlebt habt, bei uns sein. Suat mein Kind, du weißt, dein Lehrer ist mein Sohn, oder?«, fragte sie.

»Ja«, erwiderte er.

»Er ist jetzt auf dem Weg nach Hause, betet, dass er sicher ankommt. Unsere Freunde aus der Familie werden heute Abend bei uns sein. Professor Dr. Nizamettin Koç und Psychiaterin Frau Nalân. Vielleicht fällt es euch zunächst schwer zu sprechen, vielleicht möchtet ihr nicht sprechen. Aber damit wir vorwärtsgehen können, machen wir unsere ersten Schritte fachlich.«

Frau Filiz wollte unser Wohlergehen, sie war multikulturell und ihr Herz voller Liebe. Sie wollte das Beste von allem für uns alle. Außerdem war sie sehr gepflegt und schön. Sie ist immer noch vor meinen Augen. Sie war in jeder Hinsicht eine wundervolle Frau, perfekt im Herzen, Gesicht, Menschlichkeit und Charakter.

»Wir nähern uns unserem Haus«, erzählte sie mit einem lächelnden Gesicht und liebevollen Augen. Es war ein wunderschöner Ort. Ich schaute mit Bewunderung aus dem Fenster. Ich war fasziniert ...

War das Paradies so ein Ort? Hatte Gott diese beiden Engel zu uns gesandt und uns die Tore des Paradieses geöffnet?

Oder war es ein Traum, den ich während meines langen Schlafs hatte und der nach den schweren Schlägen, die ich erhielt, mein Bewusstsein nahm?

Wo war ich?

War es echt oder ein Traum? Ich war verloren!

ENDE

Während das Leben manchmal Tropfen für Tropfen

Glück bietet, regnet es Traurigkeit auf uns wie ein

Wasserfall. Manchmal verbirgt sich das Glück in

der Traurigkeit. Es geht darum, das Wunder in der

Finsternis zu sehen und damit zu lernen ...

Nurgül Sönmez

LESERKOMMENTARE

Hallo Frau Nurgül. Ich schreibe diese Nachricht, um Ihnen zu danken. Vielen Dank für Ihren Mut, über die heutigen Themen zu schreiben. Weichen Sie nicht von der Art ab, wie Sie es machen. Wir lieben dich.«

Hatice ÖZDEMİR

Hallo liebe Autorin. Ich schreibe Ihnen diese herzlich Nachricht. Ich habe gerade Ihr Buch beendet. Es hat einige Zeit gedauert, bis ich zur Besinnung gekommen bin, aber am Ende wollte ich Ihnen schreiben. Sie haben ein solches Thema behandelt! Es ist nicht einfach, über diese Themen zu schreiben. Ich gratuliere Ihnen zu Ihrem Mut, ich gratuliere Ihnen. Ich hoffe, Sie hören nie auf zu schreiben. Vielen Dank.«

ANONYM

Zuerst möchte ich Ihnen wirklich danken. Sie haben ein so schönes Thema angesprochen!

Dies sind die Wunden, die heute noch bluten. Es tut mir sehr leid, was Yasemin durchgemacht hat, ich war sehr berührt. Es passt nicht in Worte, nur wer liest, wird mich verstehen. Hut ab vor Ihrer Arbeit. Ich wünsche Ihnen weiterhin viel Erfolg und sehe Sie in vielen weiteren Ihrer Bücher wieder. Mit Liebe.«

Gaye Hanım

Ach Nurgül, ich kann dir nicht glauben. Du hast ein wirklich tolles Buch geschrieben. Ich konnte es nicht ablegen. Ich weiß nicht, wie die Stunden vergangen sind. Gesundheit für Ihr Herz, für Ihren Stift. Ich freue mich auf Ihre neuen Bücher. Freundliche Grüße.«

Saime ÖZAK

Frau Nurgül, Sie sind einfach wunderbar. Ich möchte Ihnen ganz besonders gratulieren, dass Sie der Gesellschaft ein so nützliches Buch gebracht haben. Ich hoffe, die Schönheiten, die Sie gemacht haben, werden mehr als einmal zu Ihnen zurückkehren. Respekt.«

ANONYM

Hallo, Frau Nurgül. Ich schreibe aus Kocaeli. Ich war kein Buchleser. Ich habe Ihr Buch ohne Grund auf der Messe gekauft, die ich mit meinen Freunden besucht habe. Gut, dass ich es gekauft habe. Ich denke, es ist eines der Bücher, die man unbedingt lesen muss, bevor man die Augen für immer schließt. Ich hoffe, wir haben die Gelegenheit, uns eines Tages von Angesicht zu Angesicht zu treffen. Möge dein Stift dauerhaft sein.«

Asım BEKGÖZ

Schreiben ist nicht jedermanns Sache. Insbe sondere erfordert es großen Mut, wichtige Themen zu schreiben. Ich gratuliere dir sehr, du leistest damit tolle Arbeit für die Gesellschaft. Mit meinem endlosen Dank.«

İlhan KONUR

Sehr geehrte liebe Frau Autorin. Ich habe Ihr Buch von der Messe gekauft. Ich habe viel von Ihren Büchern im Internet gelesen. Sobald ich zu Hause war, öffnete ich es und begann zu lesen. Was Sie über ein leidendes Mädchen geschrieben haben, ist noch dazu eine wahre Geschichte, dich mich sehr berührt. Ihr Buch erzählt so viele Fakten... Ich war beim Lesen sehr traurig. Ich wünsche Ihnen weiterhin viel Erfolg.«

Saide BAKIR

Hallo Frau Nurgül. Ein preisgekröntes Buch. OSCAR reif! Sie haben Ihren Kopf in ein Problem gesteckt, das die Welt betrifft, nicht das kulturelle. Sondern ein Welt Problem. Kinderarbeit, Kinderbraut, Missbrauch, Gewalt... Was auch immer Sie suchen. Sie haben die blutende Wunde der Welt berührt. Ich wünsche, dass es in jede Sprache übersetzt wird. Sie haben eine so schöne Erzählung, dass ich beim Lesen das Gefühl hatte, einen Film zu sehen. Ich mag ihren Stil sehr. Sowohl die Serie als auch der Film könnten für Ihr Buch gedreht. Ich gratuliere Ihnen. Ich hoffe, dass es in die Hände der richtigen Person gelangt und wir Ihr Buch auf höchstem Niveau sehen werden. Ich wünsche Ihnen Erfolg. Freundliche Grüße.«

Levent GÜMÜŞ

Du bist die schönste Person, die ich je gekannt habe. Es ist das rührendste Buch, dass ich in meinem Leben gelesen habe und nie vergessen werde. Ich wünsche Ihnen weiterhin viel Erfolg.«

Ich habe so viel geweint, als ich das Buch gelesen habe, ich war so gerührt. Ich kann es jedem nur empfehlen. Keine Yasemin soll in Zukunft mehr leiden müssen. Sie sind auch eine großartige Schriftstellerin. Möge Gott Ihnen immer den Weg öffnen. Lass uns nicht länger schweigen, für all die Yasemins auf der Welt.«

Gülizar KÜÇÜK

Ich habe viel in den sozialen Medien nach dir gesucht. Es ist zwei Wochen her, dass ich dein Buch gelesen habe. Ich bin immer noch unter dem Einfluss und wenn ich gefragt werde, sage ich, „ihr fühlt die Emotionen, die mir ein beeindruckendes Buch vermittelt hat". Ich empfehle Deine Arbeit, die ich erfolgreich finde. Gesundheit für deine Hand, für dein Herz, Liebe Frau Autorin. Respektvoll.«

Tamer ÇETİN

Hallo, Frau Nurgül. Nachdem ich angefangen hatte, Ihr Buch zu lesen, war ich in drei Ta gen fertig. Es ist sehr eindringlich. Mir hat auch gefallen, dass Sie den bedürftigen Waisenkindern einen Anteil aus dem Einkommen des Buches geben. Es gibt Tausende von Yasemins auf der Welt, die diesen Misshandlungen ausgesetzt waren und als Opfer zurückgelassen wurden. Gott helfe Ihnen. Ich wünsche Ihnen weiterhin viel Erfolg.«

ANONYM

Hallo, Frau Nurgül. Ich habe Ihr Buch durch meine Tochter kennengelernt und gelesen. Es ist lobenswert, dass Sie Ihren Lesern eine sorgfältig studierte Arbeit präsentieren. Ich gratuliere Ihnen von Herzen. Die Stimme eines Yasemins aus Tausenden von Yasemins erreichte Ihre Leser. Segne Gott Ihr Herz und Ihren Stift, der uns diese ungehörte Stimme hören ließ. Möge Ihr Erfolg auf ewig sein.«

ANONYM

Wirklich, ich bin jemand, der es hasst, Bücher zu lesen, und ich schäme mich dafür. Ihr Buch ist jedoch so lebensecht, dass ich es beim Lesen nicht aus der Hand legen konnte. Es war ein Leben, das schon erlebt war, ein leidendes Leben. Nicht aus einem normalen Leben, es war ein schmerzliches Leben. Vielen Dank für die Präsentation einer solchen Arbeit.«

ANONYM

Ich habe das Buch in zwei Tagen beendet. Jetzt ist es Zeit für das zweite Buch. Ich bin froh, dass ich dich auf der Messe in Ankara kennengelernt habe. Ich habe ein sehr gutes Buch gelesen.«

ANONYM

Hallo Frau Nurgül. Es war das aussagekräftig ste und berührenste Buch, das ich je gelesen habe. Ich verspreche, es wird nicht unter meinen anderen Büchern verloren gehen. Der Ort wird für mich immer etwas Besonderes sein. Ich wünsche Ihnen noch viel Erfolg in Ihrem Schreibleben. Auf Wiedersehen.«

ANONYM

Matilda Türkçe

Savaşın İçinden Bir Kelebek

Sert Kapak - İnce Kapak - e-kitap

Matilda Deutsch

Ein Schmetterling inmitten des Krieges

Paperback - Hardcover - e-book

Matilda English

A butterfly through the war

Paperback - Hardcover - e-book

Yasemin'in Çaresizliği - 1 Türkçe

Binlerce Yasemin'den Bir Yasemin'in Sesi

Sert Kapak - İnce Kapak - e-kitap

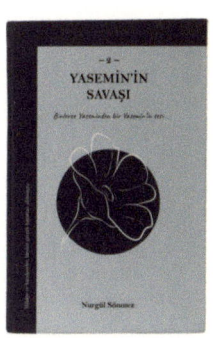 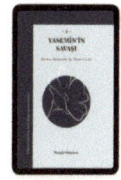

Yasemin'in Savaşı - 2 Türkçe

Binlerce Yasemin'den Bir Yasemin'in Sesi

Sert Kapak - İnce Kapak - e-kitap

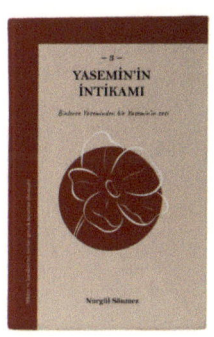 

Yasemin'in İntikamı - 3 Türkçe

Binlerce Yasemin'den Bir Yasemin'in Sesi

Sert Kapak - İnce Kapak - e-kitap

Yasemins Verzweiflung - 1 Deutsch

Eine Stimme unter Tausenden

Paperback - Hardcover - e-book

Yasemins Kampf - 2 Deutsch

Eine Stimme unter Tausenden

Paperback - Hardcover - e-book

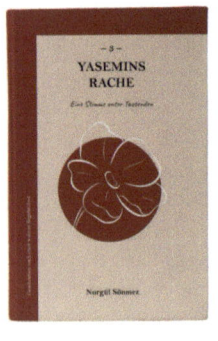

Yasemins Rache - 3 Deutsch

Eine Stimme unter Tausenden

Paperback - Hardcover - e-book

Yasemins Desperation - 1 English

One voice among thousands

Paperback - Hardcover - e-book

Yasemins Struggle - 2 English

One voice among thousands

Paperback - Hardcover - e-book

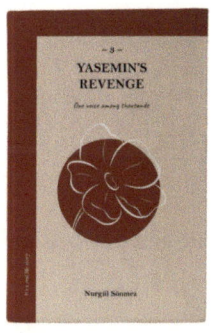

Yasemins Revenge - 3 English

One voice among thousands

Paperback - Hardcover - e-book

1001 Gece Yerine Bin Bir Gün Türkçe

"Özgürlüğe süzülen bir mülteci"

Sert Kapak - İnce Kapak - e-kitap

Statt 1001 Nacht - Tausendundein Tag Deutsch

"Weg in die Freiheit"

Paperback - Hardcover - e-book

Instead Of 1001 Night – One Thousand and One Day English

"A refugee soaring to freedom"

Paperback - Hardcover - e-book

Maarouf Türkçe

"Vatanı tarafından terk edilmiş bir adamın, inanılmaz öyküsü"

Sert Kapak - İnce Kapak - e-kitap

Maarouf Deutsch

"Ein Mann, der von seiner Heimat verlassen wurde"

Paperback - Hardcover - e-book

Maarouf English

"The incredible story of a man abandoned his homeland by force"

Paperback - Hardcover - e-book

■ **Sunduğumuz hizmetler:**

Almanca, İngilizce, Fransızca ve Türkçe dillerinde uzman edebi kitap çevirileri.

• Editörlük - Almanca, İngilizce, Fransızca, Türkçe
• Düzeltme - Almanca, İngilizce, Fransızca, Türkçe

Siz de eser(ler)inizin çevirisini yapmak ve ek hizmetlerimizden (redaksiyon, düzenleme, kitap kapağı tasarımı, illüstrasyon & kitap dizgisi) yararlanmak istiyorsanız bize ulaşın.

    Talebinizi bize e-posta ile gönderebilirsiniz.

■ **Nous offrons:**

Des traductions littéraires professionnelle des livre en allemand, anglais, française et turc.

• Lectorat - Allemand, Anglais, Français, Turc
• Lecture de correction - Allemand, Anglais, Français, Turc

Vous êtes également intéressé par la traduction littéraire de votre ou vos œuvres et par le bénéfice de nos services complémentaires (relecture, correction, conception de couvertures de livres, illustration et composition de livres).

    Alors envoyez-nous votre demande par e-mail.

✉ ns.nurgulsonmez@gmail.com

Wir bieten:

In den Sprachen **Deutsch, Englisch, Französisch & Türkisch**
fachgerechte literarische Buchübersetzung an.

- *Lektorat*
  - Deutsch, Türkisch, Englisch, Französisch
- *Korrekturlesen*
  - Deutsch, Türkisch, Englisch, Französisch

Sie haben auch Interesse
eines Ihrer Werke zu
Übersetzen?
Dann schreiben Sie uns
gerne ein Email.

We offer:

Professional literary book translation
in **German, English, French & Turkish.**

- *Editing*
  - German, Turkish, English, French
- *Proofreading*
  - German, Turkish, English, French

MERHABA   HALLO   HELLO

f   nurgulsonmez
✉   ns.nurgulsonmez@gmail.com
◉   nurgulsonmezofficial

Nurgül Sönmez
- Schriftstellerin -

■ Wir bieten:

In den Sprachen Deutsch, Englisch, Türkisch und Französisch fachgerechte
literarische Buchübersetzung an. Zusätzlich;

- Lektorat - Deutsch, Englisch, Türkisch, Französisch
- Korrekturlesen - Deutsch, Englisch, Türkisch, Französisch

Sie haben auch Interesse Ihr Werk oder Ihre Werke literarisch zu Übersetzen
und von unseren zusätzlichen Dienstleistungen zu profitieren (Lektorat,
Korrekturlesen, Buchcover Design, Illustration & Buchsatz).

▷ Dann schicken Sie uns Ihre Anfrage per Email.

■ We offer:

Professional literary book translation in German, English, Turkish and French.

- Editing - German, English, Turkish, French
- Droofreading - German, English, Turkish, French

You are also interested in literary translation of your work(s) and benefit from
our additional services (Editing, droofreading, book cover design, illustration &
book typesetting).

▷ Then send us your request by email.